有趣的 哲学

启蒙书

孔子

仁爱与礼仪的故事

【韩】李明洙 著　吴荣华 译

全国百佳图书出版单位

APCTIME
时代出版传媒股份有限公司
黄 山 书 社

图书在版编目（CIP）数据

孔子：仁爱与礼仪的故事/（韩）李明洙著；吴荣华译.
— 合肥：黄山书社，2011.7
（有趣的哲学启蒙书）
ISBN 978-7-5461-1934-2

Ⅰ.①孔…Ⅱ.①李…②吴…Ⅲ.①儿童故事 – 韩国 – 现代
Ⅳ.①I312.685

中国版本图书馆 CIP 数据核字（2011）第 120381 号

版权合同登记号：1209707

孔子：仁爱与礼仪的故事	[韩]李明洙著　吴荣华译
出 版 人：左克诚	选题策划：杨 雯　余 玲
责任编辑：余 玲　朱莉莉	责任校对：黄耀华
装帧设计：姚忻仪	责任印制：戚 帅

出版发行：时代出版传媒股份有限公司　http://www.press-mart.com
　　　　　黄山书社　http://www.hsbook.cn/index.asp
　　　　　（合肥市蜀山区翡翠路 1118 号出版传媒广场 7 层　邮编：230071）

经　销：新华书店	营销部电话：0551-3533762　0551-3533768
印　制：武汉三川印务有限公司	027-59301218

开　本：720×980　1/16	印　张：9	字　数：180 千字
版　次：2011 年 8 月第 1 版　　2011 年 8 月第 1 次印刷		
书　号：ISBN 978-7-5461-1934-2	定　价：18.00 元	

编辑姐姐给同学们的一封信

同学们：

当你们看到姐姐捧着这些哲学家讲的哲学故事的书来到你们中间时，你们是不是情不自禁地皱起了眉头，低声嘀咕："哲学，太深奥了，我们哪里读得懂啊？"

是啊，哲学是人类思维的最高智慧。我们在说到一些有思想的伟人时，常常称他们为"哲人"。对他们思想的研究，例如对老子、孔子、柏拉图、苏格拉底……我们探讨了几千年，还在不断地探讨哩。这说明哲学的确是一门很深邃的学问。但是，另一方面呢，哲学所探讨的又是我们每个人，包括同学们自己每天都在问的一些问题，例如：世界是什么？人为什么活着？怎样的生活才有意义？我们能改变世界、改变自己吗……这也就是说，我们也许不一定意识到自己在学哲学，但我们每天想的这些问题，都是哲学所要探讨的基本问题。所谓的哲学家，就是他们对人类思考的这些基本问题有着专门的研究和深刻的见解，他们像黑暗中的明灯，给许许多多人的生活指出了前进的方向，给许许多多人的精神带来了寄托。

同学们，你们在生活中，在学习中曾经有过困惑，有过苦恼吗？你们有没有想过为什么会有这些困惑和苦恼？怎样解决这些困惑和苦恼？如果呀，你们学了一点哲学，认识了一些哲学家，你们会发现：原来我们的这些困惑和苦恼，他们也有过，并且还对这些问题发表过许多深刻的见解，听了以后使我们的心胸感到豁然开朗。

其实，你们现在遇到的困惑和苦恼，还是些小困惑小苦恼。随着你们不断成长，知识不断增加，眼界不断开阔，你们思考的问题会越来越多，你们遇到的困惑和苦恼也会越来越多。如果你们想不断地战胜这些困惑和苦恼，使自己不断地进步，对世界、对人生的理解不断地深刻，你们肯定会不断地与越来越深刻的哲学，越来越多的哲学家相结识。所以，从现在起，你们有意识地学一点哲学，有意识地了解一些伟大的哲学家，对于你们今后的成长实在是太重要了。

为了帮助你们从小学点哲学，了解一些最伟大的哲学家，姐姐特地从韩国为你们编辑引进了这套《有趣的哲学启蒙书》小丛书。为了让这套书更适合你们阅读，姐姐还专门去了韩国，和作者以及出版社的编辑进行座谈讨论。

姐姐之所以向你们推荐这套书，首先是因为这套书写得太有趣了，与你们的生活，与你们的爱好太接近了。它要么把那些哲学家复活，放在你们的身边，与你们一起学习生活，进行思想交流；要么，请同学们"变"到哲学家所生活的时代去，和哲学家一起感受他们的生活，感受他们的思想产生的土壤；要么，干脆就是一篇童话故事，在海洋，在天空，我们的哲学家变成了各种会说话的鱼儿、鸟儿什么的。你们读起来就好像在读探险故事，又好像在读科幻小说，既紧张，又兴奋。

其次是因为这套书将这些哲学家最重要的思想用非常简明的形式表现出来，让同学们一听就能明白，就能对这些哲学家有所认识，感到他们很亲切。今后，等你们长大了，再深入学习这些哲学家的思想时，就不会感到陌生了。第三，是因为这套书真正做到了深入浅出。无论是小学三年级的同学，还是高中学生都可以阅读，只不过由于你们身边世界的大小不同，你们从中得到的理解和收获也不同。

说了这么半天，同学们似乎都有点迫不及待地想听哲学家亲自来为你们讲故事了，当然，他们一定比姐姐讲得精彩多了。那么，好吧，你们就直接和这些伟大的"哲人"交往吧。记住，有什么问题和收获别忘了和姐姐一起交流、分享噢。

祝你们进步！

编辑姐姐

中文版序

——孩子和大师之间的桥梁

　　哲学是启迪人生智慧的学科。人的一生中，是否受到哲学的熏陶，智慧是否开启，结果大不一样。哲学在人生中的作用似乎看不见，摸不着，其实至大无比。有智慧的人，他的心是明白、欢欣、宁静的，没有智慧的人，他的心是糊涂、烦恼、躁动的。人生最值得追求的东西，一是优秀，二是幸福，而这二者都离不开智慧。所谓智慧，就是想明白人生的根本道理。唯有这样，才会懂得如何做人，从而成为人性意义上的真正优秀的人。也唯有这样，才能分辨人生中各种价值的主次，知道自己到底要什么，从而真正获得和感受到幸福。

　　哲学对于人生有这么大的意义，那么，我们怎样才能走近它、得到它呢？我一向认为，最可靠的办法就是直接阅读大哲学家的原著，最好的哲学都汇聚在大师们的作品中。不错，大师们观点各异，因此我们不可能从中得到一个标准答案，然而，这正是读原著的乐趣和收获之所在。一个人怎样才算是入了哲学的门？是在教科书中读到了一些教条和结论吗？当然不是。唯一的标准是看你是否学会了用自己的头脑去思考人生的根本问题，从而确立了自己的人生信念。那么，看一看哲学史上诸多伟大头脑在想一些什么重大问题，又是如何进行独立思考的，正可以给你最好的榜样和启示。

常常有父母问：让孩子在什么年龄接触哲学书籍最合适？我的回答是：顺其自然，早比晚好。顺其自然，就是不要勉强，孩子若没有兴趣，勉强只会导致反感。早比晚好，则要靠正确的引导了，方法之一便是提供足以引发孩子兴趣的适宜读物。当然，孩子不可能直接去读原著，但是，我相信，通过某种方式让他们了解那些最伟大的哲学家的基本思想，仍然是使他们对哲学真正有所领悟的必由之路。

正是基于这一想法，我乐于推荐黄山书社出版的《有趣的哲学启蒙书》系列丛书。这套丛书选择了东西方哲学史上50位大哲学家，以各人的核心思想为主题，一人一册，用讲故事做诱饵，一步步把小读者们引到相关的主题中去。我的评价是，题材的选择颇具眼力，50位哲学家几乎囊括了迄今为止对人类历史产生了最重要影响的精神导师。故事的编撰，故事与思想的衔接，思想的表述，大致都不错，水平当然有参差。我觉得最难能可贵的是，韩国的儿童教育学家和哲学家极其认真地做了这件事，在孩子和大师之间筑了一座桥梁。对比之下，我们这个泱泱大国应该感到惭愧，但愿不久后我们也有原创的、高水平的类似书籍问世。

周国平

目　录

卷首语

　　我们来到这个世界，就会发现这个世界除了我们个人以外，周围还有父母、兄弟姐妹、亲戚、邻里、国家，以至广阔的世界。生活在这个世界里，我们就会面临这样一个问题：我对社会和国家以及整个世界该做点什么？关于"我的作用是什么"，圣人孔子给我们做了正面回答。

　　圣人孔子是什么人呢？孔子是距今2500年前的一位著名哲学家，是人类历史上四大圣人之一。孔子出生在古代中国的鲁国，他从30岁开始带领弟子周游列国，积累了丰富的知识，50岁以后当上了鲁国的大司寇。大司寇相当于现在的国家大法官。他一生中，总共拜见了72位君王，到了68岁时回到故里，他一边整理古代历史文献，一边继续教书育人，直至去世。孔子的思想主要集中在《论语》一书中。孔子的《论语》直到现在仍然是东亚各国读书人必读的一本书，书中记载着我们经常使用的诸如"三人行必有我师""克己复礼"等训诫。《论语》的中心思想就是孔子一生最为看重的仁爱。

生于天地之间，与他人共同生活，我们有时候会卷入战争，相互杀戮；有时候会和平相处，共享幸福。看到有些人为满足私欲而肆无忌惮地掠夺他人，孔子认为如果以这种方式生活下去，整个人类只能陷入无尽的灾难当中。作为这个世界的一员，我们应该弄清我们必须做什么，而且应该时时刻刻想着自己应该做的事情。这就是圣人孔子对我们讲的"道"。通俗一点说，道，就是真理。孔子一再嘱咐我们必须在日常生活中不间断地寻求这个"道"。

　　孔子认为，"道"首要的一条是克制私欲，善于奉献。而这正是仁者的人生哲学。2000 多年前孔子在古代中国宣扬道义，而 2000 多年后的今天，在韩国某一小学教室里，学生们通过学习孔子的思想，上了一堂堂意味深长的人生教育课。

　　本书内容的主旨大多来自《论语》一书。在本书中，我们将以当今社会为背景，用现代故事鲜活地展现孔子的理论。希望本书能够成为少年儿童的良师益友，相信小朋友们能够从中领会孔子关于仁爱、忠信、智勇、礼仪、孝悌等方面的思想。

李明洙

楔子

　　说句心里话，我真不想转学。自从在庆州出生，我从来没有离开过家乡……

　　尽管我上学要走半小时左右，可是一路上的潺潺溪水、葱郁树木，甚至路边的小石子都和我结下了深厚的情谊，尽管它们随着季节的变换经常更换外衣。

　　然而，几天以后我就再也看不到我这些心爱的"哥们儿"了……还有我在这个小乡村里结识的小伙伴们。一想起要和他们分开，我的眼睛就情不自禁地湿润了。英植、基泰，还有哲浩……他们都是我从小一起长大的好伙伴。尽管有时我们会起争执，甚至打打闹闹，可他们还是我最好的朋友。

　　爸爸为什么非要搬到首尔不可呢？爸爸在庆州经营养猪场，活儿虽然是累了一点儿，可我们眼下还是不愁吃不愁穿呀。

　　我倒是曾经劝过爸爸不要再养猪了，因为小伙伴们嫌我吃得太胖，都不叫我的名字灿浩，而是称我"养猪户的猪八戒"。可就算这样，我也从来没有希望搬家呀。几天前的一个晚上，我听爸爸妈妈说有可能要全家搬到首尔去，这既是为子女们的教育问题考虑，也有养猪行当过于劳累的原因。

但是，当时我还以为他们俩只不过说说罢了，没想到就在昨天，爸爸正式宣布要搬到首尔去经营文具店。他还说考虑到我转学以后上课的问题，决定就在这个寒假期间搬过去。现在正好是我的寒假期间，听爸爸的意思，搬家就在这两天。

听到全家要搬去首尔的消息，我的姐姐倒是高兴得一蹦三尺高。平时，姐姐的同学们时常嘲笑她身上有一股猪粪味，这对一个女孩子来说真是难以忍受的羞辱。现在好啦，姐姐总算可以摆脱同学们的冷嘲热讽了。

"真的吗？首尔，那是我做梦都向往的地方呀……妈，我们什么时候出发？要不，咱们明天就搬家得了……"

姐姐跟妈妈唧唧喳喳啰唆个没完，什么从此以后就成了首都姑娘啦，到那里可以一睹那些著名歌星、影星的风采啦，等等。

"姐，一到首尔就能看见歌星影星啦？你想见他们，哼，他们还不稀罕见你呢！"

我讨厌姐姐不顾我的心情而独自欢呼雀跃，就狠狠地说了一句。

"为什么见不到他们？我听说，只要到汝矣岛电视台那边，随便就可以看到他们嘛。"

唉，我的姐姐怎么如此幼稚呢？

听说首尔的孩子都很傲气，我这个乡巴佬到那儿去会不会经常受欺负？

以前曾去过几次首尔的姑妈家，那时首尔给我的印象不是很好：

那里车水马龙，人山人海，乌烟瘴气，嘈杂不堪。那样的地方能待下去吗？眼下，我还没有跟我的小伙伴们道别，还有上学路上的那些多情的"伙伴们"……

一旦离开这个地方，就连令人生厌的猪粪味也会留恋的吧？不管怎么样，转学，我一百个不情愿！我讨厌陌生的地方，讨厌陌生的学校，更不愿意结识大都市里的陌生同学……

在离开故乡的悲伤和如何面对新环境的担忧中，我度过了那个漫长的冬夜。

1 上学第一天

　　按计划，爸爸妈妈在我即将就读的新学校门前开了一家文具店，又在文具店附近租了一间房住了下来。姐姐的学校离我们的住所有五站地远。我上的小学就在文具店的对面，从家里走路不用三分钟就可以到教室，这倒是比乡下走半个小时才到学校要方便多了。

　　现在，在家里看到别的同学走到校门口，我再走出家门去上学也完全来得及。可也有一点不好，就是离爸爸妈妈的视线太近了。从此以后，我的一举一动都在爸爸妈妈的眼皮底下，我心里能舒坦吗？唉，爸爸妈妈也真是的，这个文具店干吗偏偏要开在我们学校门口呢？

　　到了首尔的新家以后没过几天，我们就开学了。上学的第一天，我不免有些紧张。毕竟我是从乡下来的，不用自己介绍，一听我浓重的方言和乡下土话，同学们马上就会知道我是一个乡巴佬。傲慢的首尔学生对我这个土里土气的乡巴佬会怎样看呢？尽管到了新的学年（韩国的新学年是从寒假后开始的——译者注），重新编班以后会有不少新编入的学生。

进教室一看，同学们几乎都老老实实坐在自己的位置上。除了几个学生在嘻嘻哈哈地吵闹，其他学生似乎相互间都很陌生，一言不发地端坐在课桌前。

"喂，沙僧！你小子又跟我一个班级啦？哎哟，我真倒霉，我还得要多忍受你两年的答非所问呀……"

那边有一个学生在大声嚷嚷。我回头一看，只见一个又瘦又矮，长得像个猴子的学生指着前面一个学生在大声嚷嚷呢。嘿，有意思，只要头上缠一条丝带，手拿一根金箍棒，他不就是活生生的一个孙悟空吗？想到这里，我差一点儿没有笑出声来。

这个时候传来被称为沙僧的那个学生的回答声："什么？你在说跟我一个班高兴极啦？嗯，我也一样。往后咱俩要互相照顾一点儿，好吗？"

我似乎明白了为什么管他叫沙僧（韩国改编的动画片《西游记》里沙僧的特点就是答非所问——译者注）。听他这一句回答，真的是答非所问。他是听力有点儿欠缺，还是故意跟人家开玩笑？这个同学个头高，块头大，长得可是一表人才，可他的言行却与长相大相径庭。看到这两个同学，我就想起了经常叫我猪八戒的那帮乡下小伙伴们。

在乡下，小伙伴们总是不叫我的名字，而是叫我的外号"猪八戒"，虽然听起来有点刺耳，但转念一想这是在亲密无间的朋友之间的称呼，就不会觉得反感，反而觉得格外亲切。看来那两个家伙也是亲密无间的好哥们儿。我心里盼望着在这个陌生的环境里能尽早出现几个那样的好朋友。

这时，教室的门开了，老师来到了教室里。大家顿时紧张起来，端坐在各自的位子上。这是一位年龄与爸爸相仿的男老师。老师面带笑容，用慈祥的目光环视全班的同学们。老师的这一表情多少缓解了教室里紧张的气氛。

"是大头小新……"

不知是哪个同学细声说了一句。

由于教室非常安静，所以，尽管那个同学压低嗓门轻轻说了一句，还是被周围的很多同学听到了。于是，先是几个同学轻轻地发笑，继而扩散到全班哄堂大笑。我也禁不住跟着笑了起来，这一笑彻底缓解了教室里的气氛。

老师的耳垂特别大，几乎都快垂到肩膀上了，让人联想到庙宇里的大佛像。与他矮小的身材相比，他的头也显得特别大，尤其他那向前突出的脑门儿，活像日本动画片《蜡笔小新》里的那个大头小新。

"什么，大头？嗬，你们怎么知道我的外号？没错，我的外号就是大头老师。"

听到同学们放肆的称呼，我还以为老师要大发雷霆，不料，老师竟然满脸笑容地跟着我们开起玩笑来了。好，我又碰上了一个好老师。在乡下学校念书的时候也曾换过几回老师，而我所碰到的老师都慈眉善目、和蔼可亲。看来这也是我天生的福分。

"从今天开始我要和你们一起学习和生活了。看到你们可爱的脸蛋和亮晶晶的眼睛，我心里特别高兴。我也是刚刚调到这个学校的，跟你们一样，站在新的起跑线上，一切重新开始。让我们在新的学校、新的学年，与新的朋友一起开始美好的校园生活吧。"

　　老师说了，他曾在乡下的学校里当过老师，最近才调到首尔来。他说自己曾在总共只有六名学生的乡村小学校里教过书，他到目前还留恋风景如画、民风淳朴的偏僻乡村，也忘不了无拘无束地与学生们一起写诗、唱歌的日子。他还说，到首尔来教书自己也不免有些紧张，可看到同学们灿烂的笑脸和期盼的眼神，就觉得充满了自信心。

　　听了老师的话，我觉得自己和老师的距离一下子拉近了。原以为乡下土包子就我一个人，没想到老师竟然也是从乡村来的。突然，我觉得这个教室也不那么陌生了。

2 大头老师教我们什么叫念书

"从今天起,你们就成了同窗弟子。看看谁能知道同窗是什么?"

"同窗指的是一样的窗户,意思是每家的窗户都是一样的。"不知是哪个同学在回答。

他是开玩笑? 还是真不懂? 总之这个回答非常滑稽。

"你小子真是老外。同窗指的是在一起念书,同窗弟子实际上指的是同班的同学。是不是老师?"

说这个话的,就是刚才与沙僧吵闹的那个孙悟空。头一天竟敢在老师面前如此大胆说话,看样子这小子很自以为是。

"对,同窗弟子指的就是同学。但同窗弟子要比同班同学意义更深,同窗弟子包括同甘苦共患难的意思。看你们一双双水灵灵的眼睛,我知道你们已经做好心理准备,要好好念书,将来做一个能够挑起社会重任的大人物。既然你们的心中已经有了束脩之礼,那,我作为老师,也准备好了把我肚子里所有的学问全都奉献给你们。"

"什么,老师,您说我们束手无策?"

说话的，就是那个沙僧。唉……看来这小子真应该到耳鼻喉科去检查一下。

"不，我没说束手无策，我说的是束脩之礼。束脩之礼是中国古代的一位圣人说的，是指念书时向老师敬献一些腊肉干等薄礼的意思。在我看来，只要你们有决心念书就是给我的最好礼物，我这个当老师的会倾注全部的心血教你们学习和掌握人间的真理。"

这个大头老师开学第一天净说这些深奥的词汇，我那刚刚缓解的神经重新又紧张起来了。同窗弟子……束脩之礼……听起来是有些费劲，可那意思就是要我们下决心去学习什么人间的真理。不对，老师的意思终究还不是……终究还不是叫我们埋头念书吗？哎呀，头一天开始就强调念书，看来，这个老师是要求很严格的呀。

"现在我问你们，你们为什么要念书？"

像是猜透了我的心思，老师向我们提出了一个问题。有几个孩子恭恭敬敬地做了回答。

"为了当一名播音员。"

"我想当一名医生。"

"我听说不念书只能当掏粪人。"

听了这话，大家都笑了起来。接着，孩子们便你一句我一句地说开了。

"我怕妈妈揍我……"

"我妈总让我跟别的孩子比成绩，这伤透了我的自尊心。"

"我念书也是怕爸爸妈妈说我……"

说句实话，我也是在妈妈的逼迫下才到这里来念书的。当然了，能拿到好成绩，我心里也很高兴。可不管怎么样，念书就是一件讨厌的事情。

听到孩子们这些直率的发言，老师说道："没错，你们这个年龄正是贪玩的时候，我完全理解你们的心情，因为我小时候也跟你们没什么两样。即使到了初中、高中，也没有几个人特别喜欢念书。可是，也有很多人因为该念书的时候没有好好念书而后悔一辈子。我也知道你们现在除了念书以外干什么都很来劲，是不是？可等你们长大以后就会知道，念书的时代是每个人一生中最自在，而且是最有意思的时代。"

老师停顿一下，环视一眼全班的学生，继续说道："我们每个人从出生那天起，就身负一项使命，那就是给自己、给他人带来欢乐和幸福。我们现在念书的目的就是为了完成这一使命。刚才有几位同学说过为了当播音员或者当一名医生而念书，对不对？我们这个世界上，仍然有不少因患不治之症而痛不欲生的人们，那么，我们学好科学治好他们的病，为他们排忧解难，这不是给他们带来幸福的事情吗？还有，当一个播音员，给所有人准确地传送世界各地的新闻，也是一件给别人带来欢乐和幸福的事情呀。我觉得只有这样做才算是真正完成了我们的使命，也就是说，这才是真正有价值的人生。只会吃喝拉撒，只能说是一个动物。我们作为人类，必须要念书，利用书本上的科学知识来建设我们的社会，大家听明白我的话没有？"

孩子们的表情突然严肃起来了。原以为拿高分就是念书的目的，没想到我们念书还能为别人带来欢乐和幸福……在我的头脑里，念书的概念突然发生了变化。我以前一直讨厌念书，甚至还很憎恨学校，是谁设立了这么一个地方，害我们玩也玩不够，睡也睡不香？

如今，听了老师的这一番话，我对念书的必要性有了新的想法。

"还有一点要记住，念书必须要讲究深度。掌握知识一定要准确把握知识最深层次的东西。只有这样，才能真正领会事物的发展原理和发展规律。我们万万不能自以为是，学一点东西就向别人夸耀，这样的人是永远不会进步的。念书就要多学、多问、多想，从中探究真理并应用于我们的生活。如果用自己微不足道的学问到处炫耀，自以为是，不仅不能帮助别人，反而会让别人反感和厌恶。"

没想到这个其貌不扬的大头老师能说出这么意味深长的话来，看来，真是人不可貌相呀……

"最后，我再嘱咐一句：念书当中，最重要的是复习。就像吃饭细嚼慢咽才能吃出味道一样，只有不间断地复习所学到的知识，这个知识才能真正变成自己的，明白吗？"

"明白啦！"

老师的话音未落，孩子们齐声回答。

为什么要念书，怎样去念书？这些道理今天算是真正明白了。当然，以前在乡下也曾听老师经常唠叨类似这样的问题，可今天这个大头老师讲的话，显得特别有道理，确实说到我的心里去了。

3 灿浩的新朋友

　　下课了。刚出教室门，我就和孙悟空迎面碰上了。近距离一瞅，这小子的长相，真像猴子般滑稽。当着他的面，我差点没笑出声来。他要是知道我在心里已经给他起了个外号叫孙悟空，肯定会暴跳如雷的。

　　"你住在这一带吗？我还是头一回看见你。"

　　"不，俺是刚从庆州山沟里搬过来的。你老家在哪里啊？"

　　尽管一再告诫自己尽量说城里人的话，可一不小心又说出了乡下人的土话。习惯成自然，真是不好改呀。

　　"是吗？庆州可是个好地方呀。我老家也是庆州，就是说，我爸爸也是庆州人。我跟着我爸去过几回庆州，我觉得乡下比这里好。其实，我很想到乡下去生活，可是我爸离不开公司，我没办法只好待在这里。"

　　我还以为我满口土话，这个孙悟空肯定会取笑我，不料他跟我说起话来竟然如此亲切，我心里一阵感激。看来，这小子比我想象的要好得多。

"喂，孙悟空，等等我，咱们一起走。"

什么，孙悟空？我回头一看，原来是那个外号叫沙僧的孩子跑出来向我们挥手呢。我还以为孙悟空只是我自己想出来的外号，没想到人家也这么称呼他，真有意思！

"你怎么才出来？哦，对了沙僧，他说他是从庆州搬过来的。我爸爸的故乡不也是庆尚北道（庆州是韩国庆尚北道的一座城市——译者注）吗，我们俩算是老乡啦。"

"什么？映秀？映秀哪儿是庆尚北道呀？"

"小子，要不要拿钉子穿通你的耳朵眼？我说他的故乡在庆州！"

看来，沙僧这个外号是有来由的，他的耳朵真的有点毛病。

可沙僧并不在意孙悟空的话，面带淳朴的笑容向我伸出了右手。与他的大个头相比，他的手显得特别小。

"你好，我叫基泰，可班里几乎没几个同学叫我的名字。我是很注意听人家讲的话，可我经常听错。所以，大伙儿给我起了个外号，叫沙悟净——沙僧。"

哇，基泰！与我乡下的那个小伙伴是一样的名字呀。仅凭这一点，我就喜欢上这个小子了。在首尔认识的新朋友基泰……

"我叫孙有宽，和孙悟空同姓，所以从7岁开始就得到了孙悟空这个外号，等上中学的时候我想换个名字。我这么英俊的长相却有个孙悟空的外号，我觉得太不相称了！"

怎么，他还不服气？我倒是觉得他的外号和他的长相很般配呢……可不管怎么样，他对我这个乡下孩子这么友善，还是一个不错的小伙伴。

"哎，我看呀，今天那个大头老师，简直像一个圣人。我读过孔子的《论语》，那里有一句话，意思就是：古人念书是为了自己，现在的人念书却是为了向他人炫耀自己。对啦，就在《论语》的什么……宪问篇里。"

"嘿，你还真有两下子！那么深奥的书你也能看得懂？"

我心里真的佩服不已。我根本就不知道今天老师讲的话都是《论语》里面的内容，更没有听说过什么"论语"呀，"宪问"之类的词语。

"嗯，说实话，我懂的比较多。我不仅读过《论语》，就连庄子和老子的书也读过。我呀，还是学校里每个月评选的'课外读书奖'的获得者，而且每个月都有我。"

看来这小子确实看过很多书，不过，还是不出我所料，他是个自以为是的家伙。

"孙悟空，念书可不是为了炫耀。老师今天讲了半天了，你小子是怎么听的？"

好，这一次基泰可是听准了。哈哈，原来这个朋友有这个特点，就是关键的时刻能准确无误地听懂对方的话。基泰的一句话，弄得有宽好不扫兴。于是，有宽马上换了一个话题。

"哦，对啦，说了半天，我们还不知道你的姓名呢。你叫什么？"

"我叫灿浩。因为我太胖了，所以，我在乡下的同学都叫我猪八戒。"

"猪八戒？哈哈哈……"

"呵呵呵……"

有宽和基泰同时捂着肚子笑了起来。

"简直妙极了。咱们这里有孙悟空、沙僧，现在又有猪八戒加入，如果再把大头老师加进来，让他当肥头大耳的唐僧，这不成了一部活生生的《西游记》吗？"

可不是嘛！难道这是偶然的巧合吗？四个人加起来，就是《西游记》里的四个主角呀。我心里感到庆幸，到首尔来能够碰上好老师、好朋友，这里的氛围比我想象的要好得多。我迈着轻快的步伐，踏上了第一天放学回家的路。

哲学放大镜

念书的真谛是什么？

我们该怎样念书？

我们为什么要念书呢？

每个人来到这个世界就肩负着一项义务，我们念书就是为了履行这个义务。这个义务就是让自己幸福，同时也让别人幸福。比如说，学习科学，利用科学知识去征服人类的不治之症，还有研究宇宙、开发宇宙，这些都是需要我们通过念书来解决的问题。

念书还要讲究质量和深度。掌握知识一定要准确把握知识最深层次的东西，只有这样，才能真正领会到事物的发展原理和发展规律。如果念书只是流于形式，做做表面文章，而且拿一知半解的学问到处炫耀，结果只会耽误自己，耽误别人。

眼下，的确有不少为炫耀自己而念书的人，他们以自己微不足道的学问到处张扬、虚张声势，以救世主自居。孔子曾经说过："古之学者为己，今之学者为人。"(《论语·宪问》)也就是说古人念书是为了自己，现在的人念书却是为了向他人炫耀自己。

念书必须多学、多问、多想，从中发现事物的发展规律并以此来指导我们的实践活动。念书最忌讳的是明明没有完全理解或只学了些皮毛，却以为自己已经什么都知道了，还自以为是，觉得自己很了不起，这样只能是害人害己。

真正的学者最清楚念书是为了什么。古时候的哲人和科学家们不仅致力于探究真理，且更注重以理服人、以德感人的做人准则。相比之下，现代有很多人总是自以为是，唯恐别人不知道自己的学问。这种反差不能不说是现代人的悲哀。

二

我多占一份，
别人就少了一份

众恶之，必察焉；众好之，必察焉。

（一个人无论是受到大多数人的厌恶还是喜欢，我们都应该仔细分析他被讨厌或受欢迎的原因。也就是仁爱之人应当明辨是非，不要盲目从众。）

——《论语·卫灵公》

1 午餐时间发生的事情

　　新学期已经过了一段时间。自从搬到学校附近以后，我就养成了睡懒觉的习惯，总是离上课只剩三分钟时才冲出家门向学校跑去。以前，老师总说经常迟到的学生恰恰是离学校最近的人。看来当时老师说的话确实没错。我在乡下的时候，家离学校那么远，但当时不仅没有迟到过，反而总是第一个来到教室。这样下去可不行，老师说得好，只有勤于活动才能保持清醒的头脑。从明天起我要跟爸爸妈妈同时起床，先做一做晨练，然后提前十五分钟到教室。

　　爸爸妈妈自从来到首尔以后比以前更加忙碌了。每当我早晨起来，只看见妈妈给我摆好饭菜的饭桌，爸爸妈妈早已出门了。爸爸妈妈的文具店主要以我们学校的学生为经营对象，因此他们要在学生上学之前到文具店做好准备。

　　看到爸爸妈妈早出晚归的辛劳样子，我心里真有点过意不去。可不知为什么，我就是不愿意在同学面前说，校门口文具店的老板就是我的爸爸妈妈。说句心里话，我真不愿意爸爸妈妈在学校门口开店，专门挣学生的钱。我时而还能听到同学们的议论，有的说文具店女老板因为没算明白多找了一点钱，也有的说因男老板卖东西太慢所以才迟到了。看来爸爸妈妈还不熟悉文具店的经营，确实有不少失误。每当听到这些话的时候，我就更不敢说那对男女老板就是我的爸爸妈妈了。因为怕同学们知道文具店是我家开的，就连放学回家时我都故意绕文具店一大圈才回去呢。

姐姐自从来到首尔以后，一有空就跟她的同学们一起去电视台。为了能看到心中的偶像，为了能吸引偶像的眼球，又是制作彩色气球，又是打印标语的，每天晚上忙得不亦乐乎。爸爸妈妈天天数落姐姐，照这样下去学业非要荒废不可，可姐姐却我行我素，说能看见某某歌星比什么都重要。我真佩服姐姐的那股执著劲头，能不能看见那个偶像哥哥是一个未知数，可姐姐就是不放弃，一有空就跑到电视台门口翘首盼望偶像出现。

除了绕文具店回家以外，我的学校生活比在乡下预料的要好得多。这段时间，我已经交了好几个朋友，尤其是有基泰和有宽在身边，我一点也不感到孤独，还有大头老师……大头老师总的来说很不错，可就是时常讲一些我们有点听不懂的道理。不过，老师的话越听越有味道，虽然有些话听起来让我感到迷茫。

哦，对啦，到这里来我感到最满意的是学校每天供应的午餐。在乡下，只有当老师心情不错的时候才偶尔给我们煮拉面吃，可学校从来不给我们供饭，我们的午餐都是自己从家里带来的。因此，那时每天的午餐总是同样的，米饭加那几道菜。然而，到这里来，学校供应的午餐一天一个样，而且都是热乎乎的。这下妈妈高兴了，省得天天为儿子的午餐操心。我也同样，学校的饭菜比妈妈做的要好吃多了。尤其当学校供应我最喜欢吃的烤肉和炖鸡肉时，我的心情要比过生日还要高兴。

今天会有什么菜呢……第三节课还没结束，我就想吃午餐了。越想越饿，第三节课和第四节课，就连老师讲了什么都记不清楚。别的同学并不喜欢吃学校食堂的饭菜，因为他们已经都吃腻了。这么好吃的饭菜还有吃腻的时候？大都市里的孩子真是娇生惯养，一个个都被宠坏了。

供饭值班生推着餐车走来，人还没有进到教室里，就大声喊了起来："告诉大家一个好消息：今天的主菜是炸猪排！"

哇，炸猪排？！别的菜可以不吃或剩下，可就是这个炸猪排呀，别说剩下，吃多少都不够呢！同学们没有一个不喜欢炸猪排的。大家一拥而上，争先恐后地排起了队。

"求你啦，多给一份可不可以？"

"不可以，今天的饭是按人数来的。咱们班哪有不喜欢炸猪排的？"

值班生和同学们之间吵闹个没完。这时，突然有一个同学抢上前，趁值班生不备从餐车上拿了两份炸猪排逃走了。这一下可乱套了，同学们你争我夺地挤到前面争抢炸猪排。

"别乱来呀。你们都拿走两份可怎么办呀？别的同学还吃不吃啦？"

不顾值班生的喊叫，有的同学已经把炸猪排塞进了嘴里。教室里已经乱成一团，有些同学叫骂着让他们吐出嘴里的东西，也有同学声称要告到老师那里去。我站在队伍的末尾处一再祈祷，千万别抢光，留下我的那一份。然而，不幸的事情还是发生了，正好排在我前面的那个女同学拿走了最后一份，餐车已经见底了。唉，全怪我动作迟缓，排队排在末尾处。我心里一阵后悔，不如跟那些同学一道挤到前面去抢一份，先下手为强嘛。有些同学平时嘴上说多吃肉如何如何不好，可正是那些同学一见到炸猪排就像小猫闻到腥味，没命地上前抢着吃。我心里懊悔极了，因为我太喜欢吃炸猪排了……

正当我懊恼不已的时候，就在我前面领走最后一份的那个女同学回头看了我一眼，然后转过身来把自己手中的盘子递到我面前。

"这个东西我不怎么爱吃，还是你吃吧。"

我抬头一看，原来是整天默不做声老老实实坐在自己位置上的女同学银珍。我跟她几乎没有任何交往，就连她的姓名也是前几天才知道的。由于她性格内向，平时不说几句话，我们几个还议论过她是不是有点缺心眼。谁要是跟她搭个话，她也只是回以腼腆的一笑，在课堂上听老师讲课，她也只会点点头表示明白，从来不多说一句话。

我身后的几个同学一看没有自己的份，就离开餐车跑到已经领完炸猪排的同学身边去，准备跟他们分一半吃，只有我一个人依依不舍地站在餐车前发愣。看到银珍伸到我面前的炸猪排，我情不自禁地咽了一下口水。

"你是不愿意吃这东西对不对？那，我就不客气啦，算我帮你吃了吧。"

如果是接受别人的施舍，不免有些伤自尊，于是我大声说一句，接过了盘子。我心里暗自庆幸：今天运气不错，到底吃上了这顿美餐！

看来银珍的确是个傻丫头，这么好的炸猪排都不愿意吃！我心里这么想着，再次看一眼银珍，便回到了我的座位上。今天我能吃上炸猪排，当然靠银珍的谦让，可话说回来，我也理应分得一份呀。看那帮小子们还吃双份……

午餐时间快要结束的时候，老师来到了教室。

"今天的盘子可比以前干净多了。炒菠菜的时候全班的盘子都有剩菜剩饭……今天给你们送来了什么好菜？"

"炸猪排！要是天天有炸猪排，那该多好呀！"

"是啊，真希望每天都能吃上炸猪排。"

听到同学们的话，老师开口道："偏食对青少年的身体发育不好，这个道理你们应该早就知道。其实，你们最不该剩下的菜，恰恰是类似炒菠菜那样的蔬菜。多吃蔬菜，身体才能结实，精神也才能焕发。"

"可我就是不喜欢吃菠菜。我最喜欢吃的还是炸猪排。"

"我也一样。可我今天没有吃够，炸猪排不够了，我的那一份是跟顺姬分着吃的。"

女孩子们唧唧喳喳地跟老师说起了午餐时间发生在教室里的事情。

老师皱起眉头思索片刻，走到教室前面，站在了讲台上。

"一共领取了多少份炸猪排？"

值班生站起来回答道："按全班的人数领的，一人一份。"

听到值班生的回答，老师再次问道："这么说，你们应该每人领取一份，对不对？大家一起吃东西的时候必须要讲究公平，尤其是好吃的食物。"

老师的语气很沉重，教室里也鸦雀无声，同学们都屏气凝神。

"如果有人多吃了一份，那就意味着会有另外一个人吃不上。这也说明那个多吃一份的人，根本就没有站在别人的立场上考虑过问题。实际上，所有的纠纷都出在这样的事情上。往小里说，会出现今天在咱们班里发生的这种炸猪排风波，往大里说，就会发生国家和国家之间的大规模战争。这都是自私的人们不考虑别人利益而只顾自己喜好的结果。就今天的事情来说，多吃一份的同学是不讲礼貌的学生。古代的一位圣人讲过，'非礼勿视，非礼勿听，非礼勿言，非礼勿动'。如果懂得一点礼貌，就不会去抢占别人的那份食物独自吃掉……"

老师的口气十分严肃，同学们的表情也全都凝固了。尤其吃掉双份的学生更是蜷缩成一团，头也抬不起来了。活该，不考虑别人有没有东西吃，只顾自己抢着吃……如果不是银珍，我也差一点没有吃上嘛。

"好啦！吃完饭了，该到操场去玩一玩了。长时间坐在那里听老师的话，会消化不良的。呵呵呵！"

老师一笑，孩子们紧张的气氛也立刻化解了。他们好像根本没有挨过老师批评似的，嘻嘻哈哈地吵闹着走出了教室。我也与基泰、有宽一起来到了操场。

在离学校后门不远的地方，学校给学生们摆放了三张长椅。其中第三张长椅是我们三个人的固定集合点。第一张长椅离教室太近，第二张长椅离垃圾处理场太近。第三个长椅则靠一棵巨大的藤树摆放，藤树露在外面的根部盘根错节，活像魔鬼老太婆干枯的手，所以，我们称那张长椅叫做"魔掌长椅"。

有宽像霜打的茄子瘫软地坐在长椅上说道："大头老师是不是有点神经过敏？不就是一盘炸猪排吗？有必要说得那么严重吗？左一口不礼貌，右一口战争什么的。我看老师纯粹是小题大做。在家里，我还时常跟弟弟争着吃呢。我是哥哥，我吃的当然要比弟弟多。"

"谁说我吃了双份？我可没有吃双份呀，骗人是小狗。"

沙僧基泰又在说离题的话。

"我想，老师并没有讲错。同学之间因吃的东西争吵，当然是小事一桩，可是，从关怀他人的角度看，应该说这是最起码的常识。如果想到别人，就不会独占双份的。你们说对不对？"

　　想到银珍把自己那份让给我，我不禁感激不尽。银珍也是跟我们同龄的学生，别的同学都愿意吃，难道她就不愿意吃吗？银珍并不是缺心眼的女孩子，相反她是一个非常有道德的好学生。

　　"你们看过《蜘蛛侠》漫画书了吗？就是那个在城市街道飞来飞去的蜘蛛侠呀。"

　　有宽瞅了我一眼，赶紧换了一个话题。

　　"我看过。蜘蛛侠真威风，我看他比机器战警还要厉害。今年的儿童节我一定要爸爸给我买一个蜘蛛侠玩具。"

　　一提起漫画，我们三个都来劲了，立刻忘掉了中午发生的不愉快的事情，津津有味地谈论起漫画里的英雄来了。

　　这时，我忽然发现操场那边有个捡拾垃圾的女学生。定睛一看，原来就是银珍。只见她手拿一只塑料袋，专心致志地捡拾垃圾。同学们散步的散步，踢球的踢球，唯独她一个人在那里捡拾垃圾，这又是怎么回事呢？

　　这时上课的铃声响了。我们三个起身回教室，走到她身旁。

　　"喂，你是不是做什么错事挨罚了？干吗这个时候打扫卫生呢？"

　　听到有宽的问话，银珍腼腆地一笑，轻声说道："没有，我没有挨罚。我只是看到操场上有玻璃碎片，顺手捡起来罢了。同学们要是摔倒在这里，会受伤的。"

　　像这样的活，即使是老师叫我们干我们都不一定干，而银珍呢，不用老师指点却主动找活干……她真是一个很特别的女孩子。

2 老师教我们"仁"

　　同学们都回到教室整齐地坐了下来。大头老师在黑板上写下了"仁"和"礼"两个大字。

　　"同学们，老师今天要给你们讲关于'仁'和'礼'方面的内容。今天下午为什么不上原定的语文课呢？我觉得教给你们先人后

己的礼仪比上语文课还要重要。如果我们不学习'仁'和'礼'，今天午餐时发生的事情有可能还会发生。大家知道，我们每个人都生活在一个集体组织中，就像我们这个班级，有三十多个同学共同生活在一起。家也好，学校也好，一个国家，甚至整个世界，不管是白人还是黑人，不管是东方人还是西方人，都生活在一个特定的共同体之中。那么，同学们想一想，为了在这个共同体中和谐地生活下去，我们都要具备哪些基本素质呢？那就是'仁'和'礼'。什么是'仁'，什么又是'礼'呢？"

"那不是'仁慈'的'仁'字吗？我想是'慈祥、善良'的意思。是不是老师？"

还是自以为是的有宽抢先答道。

"老师，听了你的话，我简直弄不懂该怎么做才好了。这个必须遵守，那个也应该尊重，我们要遵守的规矩也太多了。我理解那个'仁'是不是'忍'的意思？就是让我们凡事都要忍让，什么事情都不要太计较，差不多就行了吧？"

听到基泰滑稽的发言，大家都笑了。

什么叫"仁"，说句心里话，我也跟基泰一样讲不出多少来。"仁慈的母亲"，这句话倒是听说过，可从来没有认真思考过什么叫"仁"。我在等待老师对"仁"的解释。

"'仁'就是克制自己的欲望，在现实生活中践行合乎礼仪的行为规范。"

老师的话有点深奥，我还是听不明白。什么叫克制欲望？我看其他同学也都用困惑的目光看着老师。

看到学生们的目光，老师耐心地进一步解释道："我们每个人都有身体，对不对？做一件好事，我们需要用这个身体来做，同样，做一件坏事也要用这个身体来做。所以，我们的思想每天在跟自己的身体闹别扭。平时，不管是什么人，都想多睡一会儿，多吃一点儿，多玩一些，还有多占用一些物品，人们的这种意念叫做欲望。而克制和战胜这种欲望的念头就叫做'克己'。"

大头老师的话还没有讲完，有宽就急不可耐地站起来，再次显耀自己："对，老师，你刚才说的是克极训练吧？我今年寒假期间跟爸爸一起到极限运动训练基地体验过了。克极训练也叫挑战极限训练，在那里什么苦都要忍受得住。腿疼、口渴、恐惧……还有好多好多以前想都不敢想的困难。谁要是能够克服这些困难，谁就能过关。虽然很累，可是玩起来却很有意思的。"

"嗯，也对。忍耐也属于克己的范畴。但是，准确一点说，为了不给别人增加痛苦而有意识地克制自己欲望的训练，才是真正意义上的克己。但是，有宽同学，我在这里说的是克制自己的意思，而不是挑战极限运动。先人后己，处处为别人着想，克己就是要把这种意念深入到我们的内心世界。这就要求我们必须做到非礼勿视，非礼勿听，非礼勿言，非礼勿动。"

孩子们似懂非懂地点了点头。忽然，有一个念头闪过我的脑海，于是，我站起来向老师提问："老师，你刚才说非礼勿视，非礼勿听，非礼勿言，非礼勿动。可是，我们怎么知道哪些事情是'非礼'的呢？尊老爱幼、帮贫助困之类的事还能明白，而且也能做到，可是我不明白的是,有时无意中做错一件事,还会被爸爸妈妈骂一通呢。"

我说这个话，是因为我突然想起了小时候的一件事。有一年过年的时候，为了从奶奶那里多要一点压岁钱，我给奶奶叩了三回头，没想到回家以后被爸爸妈妈数落了一顿。

"对礼仪，你们可以理解为那是站在别人的立场上，凡事首先考虑别人利益的一种社会公德。比如说，如果这个世界上的资源充裕到任何人都可以随便享用，那就不存在什么先人后己的事情。但是，我们眼下的资源并没有那么丰富，不可能做到人人都有份，也不可能满足所有人的不同需求。这就需要一个互谅互让、人人为他人着想的行为准则。如果做到我为人人，我们最后得到的就是人人为我。遵守礼仪，弘扬仁爱，归根到底就是说每个人向这个世界、向这个社会奉献自己的爱心，好让这个世界上每个人都能分得一份有限的资源。礼仪和仁爱是一个文明社会必备的因素，而这个因素反过来会使我们的社会变得更和谐、更美好。奉献爱心的实践活动不是别人给我做的，而是从我开始先做给别人的。"

大头老师环视一遍全体同学以后，接着说道："礼仪是一个人爱心的一种具体表现，也就是说，一个人可以通过礼仪来表示自己对别人的关爱。因此，礼仪讲究真实的爱心，而不是表面形式。我们向大人、向老师恭恭敬敬地行礼，这也是我们向长者表达敬意的一种表现形式。但更重要的是从内心上树立时刻尊重他人，时刻为他人着想的道德观念。"

3 "仁"是助人为乐和关爱
他人的精神

认真聆听老师讲课的基泰突然向老师问道："老师，我还是不太明白你说的意思。你能不能直截了当地告诉我们'仁'到底指的是什么？"

"一句话，'仁'就是仁爱，去关爱别人。"

老师简单明了地告诉基泰，然后又补充了一句："讲仁爱的人往往是吃苦在先，享受在后。当我们能够达到这个境界，我们都会成为仁爱之人。"

噢，我现在似乎有点明白了。老师说的仁爱之人是不是指类似获得道德奖的学生？主动帮助困难同学排忧解难，遇到脏活、累活抢着干，碰到困难先为别人考虑……这些就是仁爱？这时我的脑海里又闪现出银珍的面孔。主动去捡拾操场上的玻璃碎片，有好吃的东西让给别人吃……老师说过仁爱就是关爱他人，莫非银珍在关爱我？这，这……

"那么我们怎么做才能成为仁爱之人？"

又有一个同学向老师问了一句。

"一出门就要有礼貌地对待所见到的人。不管是见到什么人，都要像对待尊贵的客人那样，以十分尊敬的心情亲切地问好。我们每个人早晨一出门，就意味着一天的开始。从这个时候开始就接触朋友、老师等众多的人，我们必须要有礼有节、谦恭相待。任何时候都要放低姿态，谦恭待人，绝不能小看他人，更不准鄙视他人。如果做到这一点，你们都可以成为仁爱之人。"

说真的，我在家还十分瞧不起姐姐。看来这也是错误的。虽然姐姐的举止言谈过分幼稚，可她毕竟是年龄比我大的姐姐。要想当一个仁爱之人，还得礼貌地对待姐姐呀。如果我做到了这一点，也许我也会成为像大头老师说的那种仁爱之人吧。

老师继续说道："在仁爱的含义中，有一条比什么都重要的因素，那就是不要把自己不愿意干的事强加于他人。在日常生活中，我们往往把自己不愿意干的事推给别人干。这就经常导致双方的争吵，最后弄得大家都不开心。只有尊重别人的意愿，我们的生活才会充满欢笑，人与人之间才能和谐相处。也只有这样，才不会出现埋怨社会的现象，在家里也不会有那么多烦心的事情。要记住老师的一句话：己所不欲，勿施于人。意思就是我不愿意干的事情，不要推到别人身上。"

听到老师的话，我又想起了家里经常发生的一些事情。爸爸妈妈让我晚上收拾饭桌，给妈妈按摩肩膀……我经常把这些事情推给姐姐去干。有时姐姐也不愿意干，于是我们姐弟俩争吵得脸红脖子粗，到头来我们俩都免不了被爸爸妈妈教训一顿。

今天我一定要向姐姐检讨一下，而且从今以后那些谁都不愿意干的活我要抢着干。哇，照这样下去，我不就成了真正的圣人孔子了吗？

"这一点我早就知道了。这叫易地思之，或者叫换位思考，对吧？在我们家里，别人不愿意干的活都由我来干，在学校，我还最愿意干别人不愿意干的清扫活儿。"

说话的又是有宽。真是拿他没有办法！有宽总的来说是一个很不错的朋友，可就是他自以为是的毛病令人讨厌。他在家里都怎么做我们不得而知，可在学校谁不知道他是全班第一懒虫？他还好意思说自己最愿意干清扫活儿！我看，每次清洁打扫时第一个逃跑的就是他。

待有宽说完，老师面带微笑说道："有宽同学，你知道的确实比别的同学多不少。懂得多固然是个好事，可是，老师想忠告你一句话。孔子曾经说过这么一句话：'仁者，其言也讱'，意思是说仁爱之人说话谨慎。孔子有一个弟子叫司马牛，有一天，孔子对司马牛说，仁爱之人在说话时是很慎重的，而司马牛却反问道：'那么，说话慎重的人就是仁爱之人吗？'孔子回答说：'做起来难啊，说出来能不慎重吗？'有宽同学，你理解孔子的话没有？大家可能听过大人们讲过这么一句话，凡事说起来容易做起来难。在别人面前高谈阔论的，大有人在，可他们当中很多人只不过是纸上谈兵，不能把自己说的拿到现实中去实践。所以，我们平时要注意少说大话，说话前要多考虑考虑，要对自己说出去的话负起责任。就像我们平时经常说的那样，说话要算数。大家明白了吗？"

有宽满脸通红，低下了头。原以为自己说的那句话能得到老师的赞赏，没想到反而被老师说了一顿，真是自讨没趣。看他难受的样子，也许是羞愧难当吧。这小子，平时说话总以大英雄自居，其实他也是一个脸皮薄的家伙，经不起老师的两句话……今天老师说有宽说得太对啦，我也早就希望有宽改掉这毛病。他是一个挺好的朋友，可就是因为话多才讨别人嫌。然而，我们毕竟是朋友，等到下课以后还要到"魔掌长椅"去安慰他一番。

4　鞋袋风波

　　爸爸和妈妈好像已经熟悉了文具店的经营，因为在同学那里，我再也没有听到找错零钱呀、因买东西很慢而迟到啦之类的话。现在，妈妈还在文具店旁边摆了个小摊位，专门向学生们出售米糕汤（韩国人喜欢吃的一种食物，热汤煮米糕片——译者注）和水煮鱼丸。

　　妈妈做的米糕汤可是别有一番风味，这一点我最清楚。往辣椒酱做的米糕汤里打一个鸡蛋拌一拌，那个味道简直无法用语言来形容。由于我们这个年龄正是贪吃的时候，所以，尽管学校的午餐不比家里的饭菜差，可一到放学时间，孩子们还是觉得饥肠辘辘。于是，放学一出校门，孩子们自然而然地先到妈妈那里吃一碗热乎乎的米糕汤，然后才回家。妈妈高兴地说卖米糕汤比经营文具店还要赚钱。我心里明白，妈妈如此辛苦劳作，都是为了我和姐姐能够圆满完成学业。

　　明知道妈妈一片苦心，可我一次也没有在妈妈那里吃过米糕汤。有时同学们一再拉我去吃一碗文具店阿姨做的米糕汤，可我总是借

口推脱，还是绕过文具店回家。好在爸爸妈妈忙于做买卖没有看见我。可是，每天躲避爸爸妈妈绕道回家，我的心情也不是那么舒服的。

首尔新学校的生活已经过了四个月，天气渐渐变暖了。听大人们说全球的气温正在上升，的确，现在才 6 月初，天已经热得像仲夏季节。天突然热了起来，妈妈还没有来得及给我翻出夏装，没办法，我只好自己翻箱倒柜找夏装穿。不知是不是天气过早炎热的原因，同学们的情绪也都变得急躁起来，举止谈吐也离仁爱远了一点儿。在大头老师的仁爱和礼仪的教育下，自开学以来教室里从来没人大声吵闹过，班里的同学们也都和睦相处，全班呈现出融洽的气氛。可是，也许是天气突然转热的原因，孩子们动不动就发脾气，有时还因为鸡毛蒜皮的小事情大动肝火，争吵不休。

与之相反，有宽可是比以前变得安静多了。自从那天老师忠告他之后，他就很少随意说出自己的想法，自以为是的毛病也改了很多。当然有些时候实在憋不住，他还是会说几句，可是讲话比以前稳重多了，看来他已经成熟了不少。

这一天，我们三个伙伴又来到"魔掌长椅"闲聊。我们闲聊的内容可多啦，怎么跟弟弟吵架啦，妈妈是怎么收拾我的，电脑游戏都有什么进步啦，等等。聊得差不多了，午休时间结束的铃声也响了。我们三个依依不舍地离开"魔掌长椅"，向教室走去。不料，刚到教室门口，我们就听见有人在教室里大声吵闹。

"你说呀，我的鞋袋扔哪儿去了？你为什么要摆弄别人的鞋袋子？"

原来是同班女同学秀燕尖声尖气的叫喊声。等我们进去一看，站在秀燕对面的是银珍。秀燕长得漂亮，学习也优秀，所以，全班男同学都很喜欢她，就连女同学也成天围着她转。相反，银珍因性格内向，再加上整天默不做声，很少有同学与她交往。要说银珍最突出的特点，就是勤于打扫教室卫生。即使不是轮到她打扫卫生，她也天天帮助值日生扫地板、擦桌子、整理教室里的物品。对此，同学们一开始感到好奇，后来便习以为常，把银珍看成是专门清扫教室的学生。有的学生甚至嘲笑她，说爸爸是个街道清扫工，女儿也学爸爸做班里的清扫工。

"我，我只是……看到鞋柜有点儿乱，就……顺便整理了一下……"

秀燕的身旁已经围着好多同学，可银珍身边却一个人也没有。不用说这是一场对银珍绝对不利的争吵战。说来也难怪，秀燕在班里威信比较高，同学们都向着秀燕，而银珍呢，只会打扫卫生，理所当然不可能有那么多支持者。

"是谁让你整理鞋柜的？你真是多管闲事！现在，我的鞋子不见了，你叫我怎么回家呀？你说呀！"

"实在对不起，我，我不是故意的。可是，可是我只是整理你们乱放的鞋袋。你的鞋怎么丢失的，我，我也不太清楚……反正，反正很对不起你……"

面对秀燕机关枪似的质问，银珍只能低头道歉，反复说对不起。这就有点不合理了，银珍只不过是为了教室环境整理乱放的鞋袋子罢了，秀燕凭什么如此训斥银珍呢？如果是银珍故意扔掉秀燕的鞋袋子，那当然就另当别论了。

"又不是银珍弄丢了你的鞋袋，你干吗跟银珍要你的鞋袋子？"

我冲秀燕说了一句。

"对，秀燕，你不觉得有点过分了吗？难道说银珍整理鞋柜也有错吗？"

有宽也在一旁帮腔。

"秀燕，你不要跟银珍嚷嚷，还是好好找一找吧。来，我们大家一起帮秀燕找一找鞋袋子。鞋袋子也没有长翅膀，它不可能自己飞走的。"

在争吵一触即发之际，基泰总算听明白大家所说的，说了一句公道话。我还真的担心基泰又说一句风马牛不相及的话，引来大家的一阵嘲笑。基泰这小子真行，一到关键时刻总能说一句合情合理的公道话。

"喂，西游记帮，你们就别乱插嘴了。你们刚从外面进来，也不知道事情的原委，瞎掺和什么！"

最能讨好秀燕的英浩冲我们喊了一声。教室里的空气顿时变得紧张起来了。真可笑，一桩鸡毛蒜皮的事情竟然把同学们分成两伙，引来一场两派争吵！恰好这个时候，同班女同学敏芝和喜真手提一个鞋袋子走进了教室。看到她们俩，秀燕转怒为喜，大声说道："那就是我的鞋袋子！""是呀，我们也看着像是你的鞋袋子，就捡回来了。这个袋子掉在了垃圾处理场旁边，要不是我们俩下课以后在学校后院转一圈，还真捡不到呢。我们一看好像是秀燕的，就带回来了。秀燕，你来看一看，到底是不是你的？"

秀燕接过袋子，打开拉链，从里面拿出了一双鞋。

"没错，是我的！不过，我的鞋袋子怎么会在垃圾处理场旁边呢？"

孩子们都用不解的目光望了一眼秀燕。

"是谁搞的恶作剧吧？"

"是不是有人故意跟你过不去，扔到那里啦？"

"也有可能是从窗户上掉下去的。你们看看，我们教室的窗户底下正好是垃圾处理场呀。"

女同学你一句我一言地说出了自己的看法。在我看来，秀燕的鞋袋子并不是有人故意扔掉的，很有可能就是从窗户边上掉下去的。是不是银珍在整理鞋柜的时候掉下去的呢？不，这不可能，因为我知道银珍是全班最认真细致的女孩子。

"对，肯定是从窗户边上掉下去的。我在上午就发现窗台上乱堆着鞋袋子，可能秀燕的鞋袋子就在窗台的外侧边上，所以它就自己掉到垃圾处理场旁边了。"

像是法官在判决，基泰故意用低沉的声音推断事情的经过。大家没有什么异议，好像对基泰的结论都认可了。很多同学都在冷眼旁观，看秀燕下一步会怎么做。现在事情已经清楚了，整个过程中银珍没有什么过错，但是，秀燕刚刚还厉声训斥无辜的银珍，伤了她的自尊心，秀燕理应对银珍有所表示。

然而，秀燕什么话也没有说，闷闷不乐地走到自己的位子坐下了。看得出来，此时她的心情也并不愉快。意识到同学们的目光集中到自己身上，秀燕翻开笔记本假装记什么东西。

这时，老师进来了。

5 银珍并不是缺心眼的女孩

同学们你推我挤地回到自己座位上，急忙拿出了教科书和笔记本。老师察觉到同学们有些异常，问道："嗯……午休时间玩得愉快吗？不过，我感觉教室里气氛有些不对劲呀。发生了什么事情，谁来回答我？"

全班陷入了短暂的沉默。有一个女学生举起了手，老师示意她站起来发言。她说秀燕的鞋袋子突然不见了，于是整理鞋柜的银珍有点难堪，后来几个同学在垃圾处理场发现了秀燕的鞋袋子。那个女生简单地说到了这里。

老师向来都能洞察我们的内心，谁也不敢，也不可能跟老师说假话。如果老师进一步追问事情原委，那么我们谁都不敢回避老师的问话。不知是从哪里学来的，老师有一套让对方掏出心里话的能耐。

"银珍难堪？这又是什么意思？怎么，银珍对这件事有什么责任吗？"

老师的话有一股不可抗拒的威力，又有一个女生向老师陈述了事情的细节。

"是秀燕说了银珍，质问银珍把自己的鞋弄到哪儿去了。因为在午休时间，银珍整理过鞋柜。后来，连秀燕身边的几个同学也一起质问了银珍。"

跟孩子们接触四个月了，老师已经对全班同学的情况了如指掌，所以，听完那两个女生简单的描述，老师立刻明白了事情的大概过程。肯定是秀燕仗着自己在班里的威信，与其他同学一起对银珍进行了围攻。

"原来是这样。秀燕的鞋袋子找到了，可真是万幸呀。所以我一再说过，鞋袋子一定要好好地放在鞋柜子里。在老师看来，银珍整理鞋柜，把到处乱放的鞋袋子一一摆放好，这不仅没有错，反而应该受到表扬。你们为什么做不到这一点呢？如果教室是你们自己的家，看到凌乱不堪的屋子你们会怎么样呢？"

刚才说过银珍的同学们都低下头，偷偷地看着老师的眼色。她们欺负银珍老实，借机围攻银珍，挨老师的一顿批评真活该！

"我们人类经常犯人云亦云的倾向性错误，也就是说有几个人喜欢某一个人，我也跟着喜欢，有几个人讨厌某一个人，我也不分青红皂白跟着讨厌那个人。还有，只要有一个人说某某不好，一帮人就跟着说某某确实不是好人；有人说某某是好人，一帮人也不想一想为什么，一股脑儿地说他是好人。无缘无故，为什么人家说他不好你也跟着说不好呢？你有没有一个衡量好人与坏人的标准呢？同学们，为了避免犯这种不该犯的错误，我们才学习仁爱和礼仪。只要我们人人都具备仁爱，你们说这样的事情还能发生吗？"

关于仁爱的话题已经讲了上百遍，可老师今天又在提仁爱、礼仪。我在心里一个劲儿地佩服，老师真有两下子，他能把所有的事都联系到仁爱和礼仪之上。

　　"我们不能从个人的偏见去衡量一件事情的好与坏，而应从客观的角度实事求是地去评判事情的全部过程。我们必须摆事实，讲道理，从中去识别好坏，好的继续发扬光大，不好的要改变成好的，以便为我们所利用。圣人孔子讲了这么一句话，叫做'众恶之，必察焉；众好之，必察焉'。"

　　"用现在的话来说就是一个人无论是受到大多数人的厌恶还是喜欢，我们都应该仔细分析他被人讨厌或受人欢迎的原因。也就是仁爱之人应当明辨是非，不要盲目跟随人家乱表态。大家听明白没有？"

　　全班肃然了，好像听着大头老师的话，每个人都在反省自己。说实话，由于大家都有点瞧不起银珍，我在心里也曾无缘无故地瞧不起银珍……看来这是绝对错误的。

　　"为什么大多数人厌恶一个人，我还要去观察以后才能判定呢？因为看那个人在行为上有可能表现得不怎么招人喜欢，可在他的行为背后还有可能存在着某种可取之处。只有仁爱之人才能正确判定真正讨人喜欢的是什么人，真正令人厌烦的又是什么人。如果有人讨厌或者喜欢某一个人，我们必须认真地思考一下，他为什么讨厌或者喜欢这一个人。否则，盲目地跟随着别人讨厌或者喜欢某一个人，就有可能伤害一个无辜者的感情。"

　　大头老师的话真是句句意味深长。回头看看我自己，我也曾经跟随别人盲目地讨厌或者喜欢过某一个人。

如果反过来想一想，别人也盲目地跟随他人无缘无故地讨厌我的话，那会是什么样的一个结局呢？看来，今后评价一个人真得慎之又慎。

"我一直想公开表扬一个同学，可是因为怕你们反感而没有说出来……我看你们对银珍同学了解太少，所以今天我要给你们讲一讲银珍同学的一些情况。

"银珍同学是一个默默无闻地做好事的学生。有一次她发现操场一角有很多玻璃碎片，银珍同学二话不说把所有玻璃碎片都捡起来，然后装进塑料袋里扔到了垃圾处理场。放学以后，你们大家都回家了，可是银珍同学却没有急着回家，而是留在教室里擦干净我们的课桌椅，重新整理好教室里的所有东西。

"老师曾经问过银珍同学为什么这么热衷于打扫教室卫生，银珍同学回答说自己最感到骄傲的是在环卫处工作的爸爸，她还说自己要学爸爸，一定要美化我们学习的环境。

"有一次，电视里播放了一则新闻，说的是目前教室里的灰尘已经高出标准值好几倍，学生患各种疾病的可能性非常大。看到这则新闻，银珍同学就暗自下决心，为了全班同学的健康，今后还要更加努力打扫教室，保持教室清洁。一个人要去做别人都不愿意做的事情，这是非常不容易的。既然话说出来了，我就再给你们讲一个银珍同学的故事。

"银珍的妈妈几年前不幸去世了，照顾两个弟弟的任务落在了她的肩上。于是银珍同学在家里既当姐姐又当妈妈，放学回家后要一直忙碌到半夜。我们班里有很多同学都嘲笑过银珍不会说话只会扫地，是不是？在老师看来，银珍同学才是真正践行仁爱的优秀学生，因为她拥有一颗金子般的心。如果大家继续认真观察一下银珍同学的一举一动，你们肯定也会发现她更多更好的优点。"

听了老师的话，大家都回头望了一眼银珍。原来是这样……银珍的品行真是难能可贵……那天把自己的炸猪排让给我吃，只是她所做的那么多好事中的一件呀。老师说过仁爱是关爱他人，原来银珍关爱的是全班同学，银珍真是值得我们学习的好同学！我想此时此刻别的同学也都在从心底里佩服银珍同学。我看老师今天表扬银珍并不过分，因为银珍所做的事的确值得称赞。

"我再说一遍，爱说甜言蜜语的人，还有装模作样的人没有一个是仁爱之人。表里不一、阳奉阴违的人都是追求私欲的不义之人。这样的人永远不会践行仁爱。的确，银珍同学在相貌和穿戴上并不十分出众，她的举止言谈也非常低调，可是如果我们了解她的内心，我们就可以知道她有多么可爱、可亲、可敬。因此说，我们千万不要给某一个人轻率地下结论，判定一个人的好坏要慎重，慎重，再慎重！"

老师的话结束了，我们也长吁一口气。今天的事情给我带来了很大的震动。在班里有威信的孩子一般来说都是能说会道的孩子。看来从今以后，在判定一个人好坏的问题上，我的态度将会发生很大的变化。因为，我已经开始改变了以前的错误看法。

老师刚走出教室，秀燕就忽地站了起来。同学们的眼光一下子集中在了秀燕的身上，大家都在心里猜测秀燕的下一个动作会是什么。

只见秀燕走到银珍面前，伸出一只手。

"刚才是我错了，实际上你并没有过错……是我错怪你了，很对不起。听了老师的话，我才知道你是一个非常善良、非常优秀的同

学，今后我们能做好朋友吗？"

这真是一件意料之外的事情，一个自尊心特强、向来高傲自大的秀燕，竟然在大家面前主动向银珍认错并提出做好朋友，看来秀燕被老师的话深深地感动了。

"啊，没，没什么……我反而谢谢你提出要跟我做好朋友。不过，我做得实际上没那么好，是老师讲得太好了……"

秀燕和银珍不顾别的同学怎么说，两人的手紧紧地握住不放。看到这一情景，同学们欢呼起来，大家为两个同学的和好而鼓掌、欢呼，这真是一个感动人心的场面！

哲学放大镜

爱心是衡量一个人好坏的标准

　　我们人类经常犯人云亦云的倾向性错误。大家说好，自己也跟着说好；大家说不好，自己也跟着说不好。如果有一个人站出来说一声"他是好人"，那么旁人都认为他是好人；如果一个人说"他是坏人"，大家就都认为他是一个坏蛋。这是一个毫无原则的判断，也是毫无衡量标准的判断。

　　要想践行仁爱，就不能拿自己的偏见去判断一个人的好坏，而应从客观的角度实事求是地去分析一个人的优点和缺点，之后再去判断那个人的好与坏。我们必须摆事实，讲道理，从中去识别好坏，好的继续发扬光大，不好的要改变成好的，以便为我们所用。

　　对此，孔子曾经强调说："众恶之，必察焉；众好之，必察焉。"这句话的意思是说一个人无论是受到大多数人的厌恶还是喜欢，我们都应该仔细分析他被人讨厌或受人欢迎的原因。

也就是仁爱之人应当明辨是非，不要盲目跟随人家乱表态。判断一个人的好坏一定要慎之又慎，必须以爱心为标准分辨好与坏。

当然，这不是一件容易的事情。即使众人讨厌某一个人，我们还要仔细观察之后才做出最后的判断。因为看那个人在行为上有可能表现得不怎么仁爱，可在他的行为背后还有可能存在着某种可取的长处。

只有仁爱之人才能正确判定真正讨人喜欢的是什么人，真正令人厌烦的又是什么人。如果有人讨厌或者喜欢某一个人，我们必须认真地思考一下，他为什么讨厌或者喜欢这一个人。否则，盲目地跟随着别人讨厌或者喜欢某一个人，就有可能伤害一个无辜者的感情。

真理和爱就在我身边

能近取譬，可谓仁之方也已。

（凡事能就近以自己作比，推己及人，设身处地

替别人着想，可以说是实行仁的方法了。）

——《论语·雍也》

1 实验室的鬼影

几天前，同学们当中开始流传着一个奇怪的话题：学校四楼的实验室里经常出没奇怪的影子！有不少同学都说实验室里闹鬼。孩子们都说是听某某说的，可自己亲眼见过的却一个也没有。他们的传言几乎千篇一律，就是听哪个朋友说在实验室里看到过一个模糊不清的影子一闪而过。要问听谁说的，回答就是朋友的朋友跟自己这么说的，而且那个朋友也是从某一个朋友那里听到的。

有一次，有宽给同学们说了这个传闻，说得那么玄乎，听得大家汗毛都竖起来了："几年前呀，有一个女生在实验室里独自一人做实验，结果死在了实验室里。怎么回事呢？在她实验过程中，发生了爆炸，那个女生浑身烧伤……哇，那个烧伤后的面孔该多么狰狞可怕呀……她就这样被炸死了。后来，实验室重新装修，人们都以为没什么事了。可是谁都没有想到当年死的那个女生重现在实验室里，一到半夜就在实验室里继续做实验。你们说吓不吓人？现在我跟你们说这个事，我的汗毛都已经竖起来了。得啦，从今以后，

我再也不上实验室了。"

在"魔掌长椅"上，虽然还是夏季的大白天，可听了有宽讲的传闻，我们都觉得脊背上直冒寒气。

这当然是一个谁都不能信的谣传，不，应该说是不可信的谣言。可自从流传这个谣言之后，孩子们谁都不想去实验室。就连实验室的清扫值班也由抽签来决定。

我是一个在乡下长大的孩子，想当年，夜里在没有一盏路灯的山道上也走过几十里，可是，听了这个谣传，我也不由得回避实验室。实验室里陈列着人体解剖模型和泡在药水里的动物标本，仅这些东西已经够让我们感到阴森恐怖了，现在再加上这个吓人的谣言，实验室已经成了"恐怖"的代名词了。

那天我们上科学实验课。老师叫我们派个代表到实验室去领取实验工具，可同学们你推我我推你，谁都不肯到实验室去。就连实验课课代表英浩也借口脚脖子受伤坐在原地不动。英浩可是剑道三段的厉害家伙，如果连他也吓得不敢去，那么，全班再也没有人敢去实验室了。

结果，到了上课时间，实验工具仍没有领到老师的讲台上。

"怎么，实验工具呢？我好像跟你们说过要到实验室去取过来的吧？"

孩子们只是你看看我，我看看你，然后低下头，谁都不敢回答老师的问话。

"英浩，你是实验课的课代表，你说说看这是怎么回事？教学用具没有到位，是不是你的责任？"

"我……我……"

看到英浩支支吾吾半天说不出话来，秀燕站了起来："老师，我们都怕实验室里有鬼。都说学校的实验室里闹鬼，所以我们吓得谁都不敢去。"

老师露出了无可奈何的笑脸。

"你们是听谁说的实验室里闹鬼？你们亲眼见到过实验室里的鬼吗？"

"虽然没有见过，但我敢肯定确实有鬼。因为有人说一天夜里亲眼见到过实验室里的鬼。那个鬼就是几年前实验室里死去的那个女生。"

教室里响起了一阵欷声。有的说自己从什么什么地方听说过这个传闻，也有的说连自己的哥哥也知道这个事情，等等。

"好啦，好啦！大家安静一下！"

老师敲着讲台，让大家安静下来。嘈杂的声音消失，教室恢复了安静。

2 真理并不是虚无缥缈的

"看看你们有谁能够向大家说明鬼到底是什么样子的？"

英浩立刻站起来说："鬼身披白色长袍，还披头散发，可吓人了！"

"这么说英浩同学见过鬼啦？"

"不是亲眼见过，只是在电影和电视剧里看过。"

"最近有不少同学都在谈论鬼神，看来大家对怪异的事情十分好奇，对神秘世界也有很大的兴趣。是啊，不仅是你们，就连我们大人也非常感兴趣。古时候，孔子有一个叫子路的弟子。有一天，子路问孔子应该如何伺候鬼。同学们猜猜，对此孔子是怎么回答的？"

说完，老师看着同学们，等待有人回答。这时有宽站起来说道："我想孔子会回答说：应该备好供品恭恭敬敬地祭祀它。"

"不对。孔子说：'子路呀，连活人都没伺候好，哪有那么多供品伺候鬼神呀？'"（"未能事人，焉能事鬼？"——出自《论语·先进》）

有宽的脸有点红了。尽管上回被老师说了一顿之后乱说话的毛病多少有了改变，但今天他还是说了一句欠考虑的话。

"这个世界上有种叫真理的东西。如果说真理扶持这个世界，那么我们人类就是容纳这真理的器皿。所以，人和真理并不是分离的。真理也叫做道理，是指我们人类生存所必需的方法或者方式。通过学习科学知识，我们正在不断地寻找我们生活所必需的真理。可是，我们不能找一个虚无缥缈的真理。"

"老师，听大人们说人必有一死。可是，人为什么要死呢？这一点，我怎么也想不通。"

刚才因没有答对老师的问题而耿耿于怀的有宽，这次反倒向老师提出了问题。也许有宽想通过问一些有水平的问题来挽回面子。有宽有些时候很大胆，看他现在勇敢地站起来向老师提问，简直与刚才的那副尴尬模样判若两人。

"有出生就有死亡。如果我们不了解一个人生活的道理，我们也就无法理解人类的死亡。在理解死亡之前，必须首先了解现实生活中我们应该怎么做的问题。看来有宽很像孔子的弟子子路。实际上，有宽问的就是子路向孔子提出的疑问。那么，孔子给子路的答复，实际上也就是老师刚才给有宽做的答复。说得简单一点，孔子告诉子路不要考虑那个世界的鬼神，还是先考虑现实生活中自己的事情。"

子路到底是孔子什么样的弟子呢？大头老师的答复使有宽坠入了雾中。子路到底是像孔子那样的圣人呢，还是乱说一气，而且自以为是的那种弟子呢？老师说有宽像子路，这是褒义还是贬义呢？

"有白天就有黑夜，还有春夏秋冬依次到来，这是自然规律。和春夏秋冬一样，我们人类出生和死亡也是一条自然规律。如果我们弄懂了人类生存的道理，那么也就懂得了人类死亡的道理，同样，伺候好了活着的人,那么也就等于伺候好了鬼神。明白什么意思了吗?"

老师的话虽然没有完全理解,但其中的一点倒是听明白了。那就是不要对那个看不见摸不着的幻想世界太费心思,要立足于现实世界,多琢磨我们在这个世界上的生活道理。

记得妈妈也常跟我说这样的话:"今天的事情今天做,不要拖到明天!只有做好今天的事情,才能做好明天的事情。该做的事不做,今天推明天,明天推后天,如此推下去还怎么得了?"

如果我的理解正确的话,莫非妈妈说的也是孔子的话?难道妈妈也读过《论语》?

看到孩子们点头,老师的脸上也露出了满意的笑容。老师接着说:"孔子在教书的时候,对非现实的东西根本不去涉及。因为他认为非现实世界的怪异东西都是非正常的,非现实世界是混乱的世界,它有碍于我们人类的和平,鬼神不是属于我们现实世界的。我们学习现实中的东西已经够吃力了,哪还有精力去研究非现实的世界呢?"

尽管老师讲得非常深奥,有很多话也听不明白,可是同学们都在认真地聆听。因为老师讲的内容都是做人的道理。现在是第五节课,要是在别的时候,因"食后困倦症"我们早已打瞌睡了,可是今天全班学生不仅没有一个打瞌睡的,反而越听越精神了。

"听老师的话,好像要我们在现实中寻找人生的道理,那么我们该怎么去寻找呢?"

一直默不做声的银珍小声问了一句。还是银珍的理解能力厉害,这个提问是我根本没有想到的……我突然发现银珍不仅是勤于打扫卫生的同学,而且也是理解能力非常强的一个女孩。

"好，银珍提出了一个很好的问题。我给你们讲一句古人说的话，叫做：博学而笃志，切问而近思，仁在其中矣。听不懂是什么意思吧？"

"是，听不懂。"孩子们坦率地回答道。老师讲的话肯定都是有益于我们成

长的良言，可有时讲得太深奥，我们实在是听不明白。

老师笑一笑，给我们做了说明。

"意思是说呀，一个人要心有远大理想，还要有丰富的知识。要多多提出疑问，多多深入思考。对于自己的志向不能有过多的功利干扰，要淡泊名利，只有平静地看待这些才能更好地实现自己的理想。如果只有知识而没有理想，那就等于虚度年华，一事无成；如果所要学的范围太广了，那么等于徒劳一场，毫无收获。比如说，我们种一棵白菜，并且在它身上花费很大的心血，那么这棵白菜肯定会长得又肥又壮，可是一棵白菜能有什么大的用处呢？反过来，如果种了一大片的白菜，而你一个人能力有限无法照顾，到头来还是毫无收成。我们念书也是同样的道理，要把握好自己所学的范围和深度，在这个范围内勤问、勤想，才能找到知识中的真理。"

一听到种白菜，我立刻就明白了。没错，妈妈不也是经常拿种地来比喻我的学习吗？妈妈常说："念书也和种地一样，流了多少汗水，就获得多少收成。只会撒种子而不去耕耘，庄稼会是什么样子呢？同样道理，平时多用功，期末就可以取得好成绩，平时不用功，期末就甭想拿到高分。"

现在想来，妈妈的话简直和哲学家的名言一样，遗憾的是我一直不把妈妈的话当一回事。

"真理其实并不是遥不可及的，在我们身边就能发现。我们要学会在自己的身边寻找真理。只要我们用心观察我们的周围，就会很快找到人生道路上所必需的真理。人生的意义、关爱他人的道理，这些就在我们的身边。"

可不是吗？真理就在我们的身边，这句话本身就是真理嘛。如果早一点听妈妈的话，我不是可以早一点懂得人生的道理吗？

老师开始整理讲台上的教案。看来，老师的话已经接近尾声了。整理教案，意味着即将下课了。也许对老师来说这是无意识的动作，可我们已经习惯了老师的这一动作。每当老师做长篇大论时，我们就眼巴巴地盼望老师早一点整理教案。

"你们说，这个世界上最伟大的人物该是谁呢？一说伟大的人物，我想你们就会想起耶稣、释迦牟尼、穆罕默德等圣人，还有苏格拉底、甘地等伟人。可你们想没想过穿着围裙在厨房日夜辛劳的妈妈呢？我们千万不能忘了践行真理的人就在我们身边。有句俗语叫'灯下黑'。我们是不是一直没有发现身边的真理，是不是一直没有发现身边的伟人？哥哥关爱弟弟，弟弟尊重哥哥，子女遵从父母，这就是关爱他人的仁爱之道，也是践行真理的一个实践活动。"

大头老师的话终于结束了。放学后的心情固然很轻松，可老师的那一番话却让人回味无穷，久久地萦绕在我们的脑海里。整理书包走出教室，我发现今天同学之间的感情显得比任何时候都要和睦，整个气氛也一片和气融融。我暗自思忖，从今以后一定要成为爸爸妈妈的好儿子，也要成为姐姐的好弟弟。一开始可能有点困难，但我还是要坚持下去的。

不过，今天老师在实验课上给我们讲了半天人生哲学，下周不还得补两个小时实验课吗？唉，下周还要连着上两堂科学实验课，真是头疼。因为实验课是我最讨厌的一门课程。

哲学放大镜

　　《论语》里的大部分内容都是有关"仁"的描述。"仁"主要指仁爱,有关爱、宽容以及站在别人的角度上替别人着想等含意。

　　围绕仁爱,孔子与自己的弟子经常进行讨论。

　　有一天,弟子子贡问孔子:"如有博施于民而能济众,何如?可谓仁乎?"意思是:假如有一个人能给百姓很多好处,而且帮助民众生活得很好,那么,这个人可以算是仁爱之人吗?

　　孔子说:"何事于仁?必也圣乎!尧舜其犹病诸。夫仁者,己欲立而立人,己欲达而达人。能近取譬,可谓仁之方也已。"意思是:岂止是仁爱之人,简直是圣人了!就连尧舜也难以做到呢。至于仁爱之人,就是要想自己站得住,也要帮助别人一同站得住;要想自己过得好,也要帮助别人一同过得好。凡事能就近以自己作比,设身处地为他人着想,这可以说是实行仁爱的方法了。

　　这世上没有比关爱他人、珍惜他人更美好的事情。这等于向落水者伸出救援之手一样，是人类美丽心灵在现实中的真实写照。践行关爱，这是我们人生路上最重要的实践活动。可以说，关爱他人是超过仁爱境界的圣人意识。

很多人想出人头地，就是想成为德才超众或者成绩突出的人，换句话说，就是指想当一个领导人。当一个领导者必须具备引领百姓走向幸福之路的能力。如果我没有这个能力，我应该让位给具备这一能力的人。同样的道理，如果我想享受荣华富贵，首先要考虑到还有很多人也想享受富贵荣华，我在自己努力的同时也要帮助他人。而这一爱的实践必须从我们身边开始。

如果有人问这个世界上最伟大的人是谁，我们往往会说苏格拉底、释迦牟尼、耶稣、穆罕默德、甘地、林肯等名人。可是我们为什么看不到穿着围裙在厨房里日夜操劳的妈妈呢？我们一定要记住，践行真理的人就在我们身边，别忘了往往有"灯下黑"的时候。

帮助人类生活得更好，这是我们共同的义务。孔子说这是超过仁爱之人的圣人行为。这个义务也必须从我们的身边开始践行。哥哥要关爱弟弟，弟弟要尊重哥哥，子女要孝敬父母，这是人类关爱的始发点。

别不懂装懂

学而不思则罔,思而不学则殆。

(只读书而不思考,就会被知识的表象所蒙蔽;只凭空思考而不读书,就会疑惑不解。)

——《论语·为政》

1 唉,令人讨厌的考试

　　时间过得真快,转眼迎来了期末考试。平时自以为用功学习,可如今却一点信心都没有。期末考试前一天,我们三个又来到了"魔掌长椅"。

　　"看来我的考试运气很不好,平时再看书,考试题却总是从我看得不仔细的那个地方出。"有宽嘟囔道。

　　在我看来,有宽的确看了不少书,而且懂的也比我多。可他读的大多是课堂以外的书,所知道的也都是与考试题不相关的东西,考试成绩好才怪呢!

　　"什么?考试靠运气?不对呀,平时用了多少功,期末就能拿多少分,我说的对不对?"沙僧基泰断然说道。

　　"你小子还没有去耳鼻喉科呀?喂,沙僧,我说的是我的考试运气不好,没说考试靠运气。唉,真郁闷!"有宽指着基泰的鼻梁说道。

　　平时,基泰的成绩要比有宽好得多,所以有宽多少有些妒忌。看起来基泰经常听不清楚人家的话,可平时的学习成绩却始终是班里数一数二的。基泰要是读起课文来，几乎一个字也不会念错。

可是，问题就在我这里。在乡下，我遇到考试总是那么稀里糊涂地对付过去，可到首尔来就不行了。这里学生的水平比乡下学生的高，再加上学生也多，一旦考试，分数差距就拉开了。爸爸妈妈为了我们背井离乡来到这里辛勤劳作，做子女的怎么也得对得起他们，简直愁死啦。

操心归操心，考试还是正常进行。

考试结束，一看结果，虽然没有落到末位，可与爸爸妈妈的期待值相差甚远。爸爸妈妈看完我的成绩单，肯定会伤心的。要是我平时再加把劲，分数应该还能提高一些……

待我们看完考试卷，老师微笑着问大家："你们是不是都想当优秀生？"

真是明知故问，谁不想拿高分？谁不想当优秀学生呢？

"想不想知道当优秀生的妙方？"

什么，当优秀生的妙方？同学们唧唧喳喳地嚷嚷要老师快点讲，我的耳朵也竖起来了。

2 当优秀生的妙方

　　"这个妙方就是孔子说的'君子有九思'。这里的君子你们可以理解为优秀的学生或者是模范学生。君子九思就是视思明，听思聪，色思温，貌思恭，言思忠，事思敬，疑思问，忿思难，见得思义。就是说呀，看要明白，听要清楚，神色要温和，态度要恭敬，说话要诚实，办事要尽心，有疑问要询问，愤怒要想到后果，看到利益要想道义。"

　　这，这是什么玩意儿？原以为是"考试捷径百问"，或者是"优秀生学习方法"之类的东西，没想到又是孔子的那些玩意儿，真让人失望！

　　"嗨，孔子的那些话与我们考试得高分有什么关系呀？考试题里也没有孔子的话嘛。我还以为老师能给我们讲复习方法、预习方法之类的话呢。"秀燕的嘴撅得高高的，坐在自己的座位上嘟囔道。

　　连优秀生也在嘟囔，看来这次秀燕的期末考试也不是十分理想。

　　"对，说得好。老师在开学头一天提过复习的重要性吧？我今天给你们讲孔子的君子九思，意思是叫你们从中找到正确的学习方法和考试方法。看来你们还没有理解我的意思呢。"

不知为什么，老师今天一直是笑容满面，他接着说道："要想考好，就得知道答案，对不对？怎样才能知道考试答案呢？子路这个名字大家已经不陌生了吧？对，就是孔子的那个弟子。子路是个自尊心特别强的人，他从来不服输，即使有些事弄不明白也不愿意问别人。有一次，孔子向子路说：子路呀，我告诉你什么叫懂。所谓懂就是知道就说知道，不知道就说不知道（"知之为知之，不知为不知，是知也。"——出自《论语·为政》）。"

像是口渴了，大头老师轻轻地咳嗽两声，继续说："这里，重要的就是知道的就说知道，不知道的就说不知道。不隐瞒自己不足的诚实态度才算真正地懂得。你们真的能听懂老师给你们讲的所有话吗？不是的，肯定有听不明白的。这个时候你们不应该不懂装懂，有不明白的要敢于向老师提出疑问。只有这样才能真正弄懂老师讲的道理和教科书里的内容。不懂装懂，往往会出现考试时写不出答案的现象。学生在老师面前不应该有任何虚荣心，只有虚心请教才能成为优秀的学生。这也就是正确的学习方法。"

大家都点了点头。这一次，同学们可是真的听懂了，不会有听不明白老师这一番话的学生。道理是再明白不过了，可奇怪的是，一旦在课堂上向老师提问，还是觉得很别扭，不好意思提出不明白的问题。如果提出的问题只有我一个人不知道，那不是很丢脸吗？这一次考试，答错的题正是平时没有理解的那些内容。

"思考什么东西，意味着正在寻找真理。我们学习语文、数学等课目，都是在寻找真理的过程。那么，思考和学习之间哪个更为重要呢？"

同学们你看看我，我看看你，谁都不敢回答。难道听了老师刚才讲的话，不知道的就说不知道，同学们真的一下子变得诚实了？

"不好回答吧？现在老师来告诉你们。'学而不思则罔，思而不学则殆'。也就说只读书而不思考，就会被知识的表象所蒙蔽；只凭空思考而不读书，就会疑惑不解。怎么样，能听懂吗？"

"听不懂！"

同学们齐声回答。

3 思考和学习要同步

"嗯。这句话，更简单一点说呀，就是思考和学习要同步，不能只偏向于某一方面。学完再思考，能使我们牢记学到的知识。如果只学不思考，那等于是作表面文章，不会有一丝一毫的收获。同样的道理，只思考而不学习，那无法论证你思考的东西是不是虚无缥缈的空想，到头来有可能被那些非现实的东西拴住手脚，最终耽误一生。所以说，探求真理，必须是学习和思考同步进行的一个科学过程。"

听起来是有点难，可我隐约意识到是让我们边学习边思考，学习和思考同时进行的意思。

大头老师的话还在继续："有些人认为可以凭借自己的思考，'想'出生活中的真理，这绝不是正确的学习态度。我们学习的内容，都是我们的祖先在长期的实践活动中积累下来的经验精华，因此，我们必须要学习和思考同步进行，边学习，边思考。"

看来我的想法是正确的。老师的讲话和我的想法完全一致。经常听大头老师的话，我的思维也拓宽了一些，好像也学会了老师的思维方式。

"我们不能进行过多的思考，考虑太多，反倒会误事。我们考试的时候往往出现这样的现象，本来我的判断是正确的，可是对自己的判断没有自信，一而再，再而三地思考，结果还真的答错题。中国古代的鲁国有一个名叫季文子的人，他以谨小慎微而著名，凡事总要三思而后行。孔子从季文子那里总结出了这么一个结论：凡事首先要思考，但思考过多反会误事，只需思考两遍，就可以判断好与坏，是与非。思考要适可而止。"

和老师相反，我总是思考太肤浅……所以妈妈总说我想问题应该深刻一点。听大头老师的话，想得多也是个问题呀。唉，做人的学问怎么这么复杂呢？

4　不要轻易放弃自己的主张

　　老师的长篇讲话结束了，最后老师要我们再看一遍自己的考试卷，核实一下分数判得准不准。

　　这时，喜真小心翼翼举起了手。

　　"老师，我认为我在平时是非常用功的，可是，可是考试成绩就是上不去。我不知道这是为什么。难道是我的水平仅限于此了？"

　　对喜真来说，提出这个问题需要很大的勇气，因为在众人面前暴露自己的不足并不是一件容易的事情。看来喜真也因为成绩上不去而非常苦恼。

　　"喜真呀，认为自己水平不够或能力不足意味着在前进道路上半途而废，我看你正在给自己划定自我能力的界限。"

　　老师的话语虽然很温和，却十分有力。

　　"学习不能仅仅依靠自己天生的才能。每个人的才能都是有限的，如果只依靠自身才能去学习，那就很容易感到力不从心。学习就像在激流中逆流而上，就得不断地向前迈进。如果停止前进，那

么很快就会被激流卷下去。如果念书就像吃炸猪排一样容易，谁还为念书操心呢？念书当然很累，但是一旦学业完成了，我们就会成为这个社会的主人。长大以后要当什么，我们每个人心里都有各自的奋斗目标，我们应该鼓足勇气迎难而上，为实现自己的奋斗目标不断地向前迈进，可不能半途而废呀！我这句话不仅仅是说给喜真听的。遇到一点小困难就轻易放弃自己的主张，将来遇上一个出人头地的机会可怎么办呢？要想成为大人物，就必须培养自己战胜和克服前进道路上一切艰难困苦的能力，从小扎扎实实地打下基础，好迎接成为大人物的机遇呀。我想这样的机会人人都会遇到的。你们想不想要这样的机会？"

孩子们齐声回答："想！"

听了老师的话，我心里又增添一股新的力量。再加把劲儿吧，念书就像逆流而上那么艰难，但我有决心能够逆流迈进。鲢鱼不也是逆流而上吗？我的力量肯定比鲢鱼大，我会实现我的奋斗目标的。加油！

我看了一眼周围的同学们，只见他们个个都露出决心已定的神色。要这么下去，我们班全体同学都会成为优秀生的！

5 都靠我自己的努力

"看你们的表情都充满了信心，老师也很欣慰。好，老师最后再给你们讲一句。你们听说过'善始善终'这个词吧。就是说有了开头，必须要持续倾注心血到结束为止。我们在日常生活中经常看到

有了一个良好的开头，但坚持不到最后而半途而废的一些人。当然，我相信我们班的全体同学都能达到预期的目标，做到善始善终。这要靠我们自身的努力去完成，而不能期望别人替我们来完成。我还是引用一句孔子的话，孔子说：'譬如为山，未成一篑，止，吾止也；譬如平地，虽覆一篑，进，吾往也'。意思是说假如用土堆山，只差一筐土就完成了，这时停下来，那是我自己要停下来的；比如填平地上的坑洞，虽然是才开始，但是要前进的话，那是我自己要前进的。就是说不管是停下或是继续往坑洞里填土反正都是我要走的路，都在于我。在我们念书过程中，继续念下去是我们自己的事情，半途而废也是我们自己的事情。老师的话现在听明白了吧？"

孩子们的回答声比刚才小了一点。看来同学们对善始善终这个词没有多大的信心。要说虎头蛇尾或者说有始无终的计划，我也有过好几回。就说减肥吧，我不知下过多少回决心，可一看到好吃的，就经不起诱惑又狼吞虎咽地吃起来。咳，全怪妈妈做的东西太好吃了……但愿这是最后一次下决心。

减肥以后受益的是我，学习成绩提高而受益的也是我！身体健康了，学习成绩也上去了，啊，太美啦！

老师说完这些，转身在黑板上写了一行字："吾日三省吾身。"

"这句话直译意思就是每天要反省自身三遍。"

老师的话音未落，孩子们嘻嘻哈哈地低头看自己的身体。怎么，我们的身体怎么啦？

"三十天合成一个月，十二个月合成一年，几十年合成我们的一生，不是吗？新学期开始就像昨天一样，可转眼一个学期过去了，时间过得真快呀。我们要珍惜每一天，每天要反省一下自己是怎么度过了这宝贵的一天。要珍惜每一天，写日记是一个很好的办法。孔子的弟子中有一个名叫曾子的人，每天反省自己日常生活的三个方面：为人做事是不是尽心？和朋友交往是不是真诚？老师传授的学业是不是复习了？（"吾日三省吾身，为人谋而不忠乎？与朋友交而不信乎？传不习乎？"——出自《论语·学而》）怎么样，你们应该有一些感触吧？"

作为课余作业，日记倒是记过，不过我写日记纯属为了应付检查，从来没有在日记上反省过自己。只是记下了当天我觉得最有意思的一些事情。

今天听了老师的话，我心里有不少过意不去的地方。爸爸有时让我帮忙做事，我满肚子意见；也曾讨厌过有宽；还有放学回家复习……想来这三个方面我哪一样也没有做到。我不禁感到羞愧不已。

看看大伙的表情，大体上跟我差不多。看样子不单是我一个人没有做到一日三省。当妈妈数落我的时候我是觉得自己做错了，可是不过五分钟，就把妈妈的教诲忘得一干二净。老师叫我们反省一下自身，我们以为是开玩笑，真的察看了自己的身体，可真正要察看的应该是我们的内心世界。曾经听大人们说圣人孔子的话句句在理，我看我们大头老师说的才是句句在理。我不知不觉地点了点头。

看到孩子们明亮的眼睛，大头老师又添了一句："看大家的眼神，好像都听明白了我的意思。给你们这样聪明的孩子们教书，我感到非常骄傲。好啦，老师祝你们都能成为优秀生。下课！"

哲学放大镜

　　鲁国太庙是供奉周公的祖庙。有一天，孔子去太庙参加国君祭祖的典礼。他一进太庙，就向人问这问那，几乎每件事都问到了。这时，有人怒气冲冲地说道："谁说邹人之子懂得礼仪？来到太庙什么事情都问。"邹是当时的一个县名，也是孔子的出生地。那个人说的邹人指的就是孔子的父亲叔梁纥，而邹人之子正是指孔子。孔子因从小就特别懂礼仪而远近闻名，但那么懂礼仪的孔子却在一个劲儿地问祭祖礼仪，那个人便火了。对此，孔子回答说："我对不明白的事，每事必问。这恰恰是知礼的表现啊！"

　　善问就是知礼。逢事必问，这也是人的美德。礼仪需要我们的行为慎之又慎，不得有一丝差错。来到供奉周公的太庙里，只有懂得那里的礼仪，才能遵守那里的规矩，做出符合礼仪的举动，这才是真正的礼仪。去询问不懂的问题，就是为了彻底解决那些不懂的问题。孔子向太庙里的那个人阐明的正是礼仪的真正含义。

真正的朋友

三人行，必有我师焉。择其善者而从之，其不善者而改之。

　　（三个人同行，其中必定有我的老师，我选择他好的方面向他学习，看到他不好的方面就对照自己改正自己的缺点。）

——《论语·述而》

1 英浩的生日聚会

　　暑假快要到了，到了假期与小伙伴们尽情玩耍真是求之不得的事情。可一想起假期的酷暑，我现在就开始犯愁了。每个教室都装有空调，可为了省电，只是在最热的时候开那么一小会儿。外面没有一丝风，坐在教室里是汗流浃背。炎热的夏天如果能躺在凉席上，旁边再开着电扇，该是多么惬意的一件事呀！

　　放假前的某一天，英浩在教室给部分同学发送了自己的生日请柬。英浩的爸爸妈妈都是工薪族，因此英浩放学回家直到爸爸妈妈下班，只有他一个人待在家里。于是，自从开学以来，一直有几个同学跟着英浩到他家里一起玩儿。据说他们天天在英浩家里玩电脑游戏，现在都已经成了游戏高手了。英浩邀请的同学当然是经常上他家去的那几个死党，此外，英浩还邀请了自己最喜欢的秀燕和秀燕在班里的几个死党。

　　我们几个因为并没有跟英浩特别亲近，所以英浩的邀请名单里没有我们的名字。

看到英浩在发请柬，家住英浩家附近的有宽随口向英浩说了一句："咱俩毕竟是近邻。俗话说远亲不如近邻，你忍心撇开我这个近邻吗？"

"近邻有什么用？你我不是合不来吗？况且你还有你的一伙人！"

英浩的话一下子激怒了有宽。

"什么？你以为我稀罕呢？你这个小心眼，谁想去参加你那个破聚会啊？哼！"

由于英浩妈妈天天忙于公司业务，平时没有照顾好自己的儿子，她决定要好好给儿子过一个生日，因此特意在一家高级饭店订了一桌饭菜，那是我到首尔还没有吃过的自助餐。听说自助餐非常好吃，有炸猪排、意大利面，还有连名字都没听说过的西洋料理，更让我馋嘴的是到那里可以敞开肚皮吃个够。说实在话，我在心里暗暗期盼英浩也给我一张请柬，因为我实在想吃一顿自助餐，尽管我和英浩关系很一般。看来有宽也是出于我这样的心理才向英浩搭话的。

"小心眼又怎么样？我又没邀请你，你自己还自我感觉良好。哼！"

"你就是抬轿子请我去，我都不稀罕去。呸！"

英浩和有宽之间的争吵渐渐升级，甚至开始对骂起来了。

的确，英浩和有宽性格不同，所以总是合不来。这两个人之间已经发生过好几回争吵。

正当孩子们围着他们俩观看这一场幼稚的争吵时，老师来了。

"怎么，你们俩在吵架？"

同学之间吵架是大头老师最反感的事情。每当有同学吵架，不管他学习成绩怎么样，老师都要严厉地训斥一顿。今天，看到这个场面，老师的眉头立刻皱了起来。

"是有宽先惹了我。"

"什么，你说是我先惹了你？哼，你这个不知羞耻的小子，还敢撒谎？老师，是他先惹我的！"

老师就在身边，两人还是争吵不休。这可不得了呀，老师一旦发火了，那大家都要吃不了兜着走呀……

"你们谁跟我说说，英浩和有宽两个到底是怎么回事？"

几个孩子像是代言人似的唧唧喳喳地向老师汇报了事情的经由。

"只挑选几个同学参加生日聚会，这是英浩的不对……"

"想邀请谁那是邀请人的自由，有宽也不应该惹是生非……"

那几个孩子们还发表了自己的看法。

听完孩子们的汇报，老师挥手让大家坐下，然后开了口："人们往往喜欢拉帮结派。如果我这边朋友多，那么人多势众，好仗势欺人。拉帮结派的人大多是为了个人的某种利益，纠结众人惹是生非。要是为了做好人好事拉帮结派，那我们这个社会就会变成美满的社会，可惜往往不是这样。孔子称这样的人叫做'小人'。孔子说：'君子和而不同，小人同而不和。'意思是说，君子讲求和谐而不同流合污，小人只求完全一致，而不讲求协调。拉帮结派不一定是坏事，问题是拉帮结派的目的是什么。如果以关爱众人为目的拉帮结派，这是一件值得称赞的事情，如果从个人的某种利益出发，那就是不可取的。在我们这个班级里，只与某几个同学特别亲近从而形成一个帮派，这是不可取的；为了吃上一顿好饭而利用同学，也是不可取的。你们都听明白老师的话了吗？"

还是老师的判定英明。童话里的部落首领，还有所罗门等再聪明也赶不上我们的大头老师。多亏英浩和有宽的吵架，我们大家又懂得了一条重要的道理。

2 什么是好朋友？

"既然说到朋友了，我再给你们讲一个好朋友的故事。什么叫朋友，你们是怎么解释的？"

"年龄差不多，能够一起玩耍的人。"

"能够合得来的人就是朋友。"

"年龄相同都是朋友……"

"同窗弟子。老师不是头一天说过吗？我们都是同窗弟子。"

孩子们你一言我一句，各抒己见。待孩子们说完，老师说道："对，你们说的都对。老师说的朋友是指和自己志同道合的人。就像刚才有位同学说的那样，翻开书共同寻找真理的同窗弟子才是我们真正的朋友。朋友之间的关系应该是相互肯定对方的志向，为实现各自的志向齐心协力互相帮助的关系。这里说的志向必须是对他人、对社会有益的志向，如果志向不纯，那么这种朋友是毫无价值的。有益的志向是永远不会变的，所以说以这种志向作为共同目标而结识的朋友是永远的朋友。正确的志向就是正义，正义也就是人生的意义。因此说，为实现某一志向而共同奋斗的人才算是真正的朋友。"

老师的话有点长了。大概是为了强调朋友的重要性吧。老师继续说道："孔子说，'益者三友，损者三友。友直，友谅，友多闻，益矣。友便辟，友善柔，友便佞，损矣。'就是说呀，结交正直的朋友、诚实的朋友、知识广博的朋友是有益的，而结交谄媚逢迎的人、表面上温文尔雅的人、花言巧语的人是有害的。"

"什么，温文尔雅的也是有害吗？真奇怪……大人们还总劝我当一个文雅的人……"有宽挠着头皮不解地问道。

是啊，我也觉得那句话有点怪怪的。大概是老师说错了吧？

"这里说的温文尔雅指的是表面上假装文雅的人。就是说表面奉承、背后诽谤的人并不是好朋友。反过来说，正直的人会开诚布公地指出我的不足之处，诚实的人能够伴我奋斗一生，知识广博的人可以使我的视野开阔。因此这三种人是有益的朋友。在我们的生活中，既有因朋友耽误自己一生的人，也有因朋友而出人头地的人。所以说，交朋友是我们人生当中的一个重大选择。"

孩子们你看看我，我看看你，好像都在想自己所结交的朋友是不是真正的好朋友，自己能不能成为别人真正的好朋友。

"孔子说，'三人行，必有我师焉。择其善者而从之，其不善者而改之。'这意思是说三个人同行，其中必定有我的老师，我选择他好的方面向他学习，看到他不好的方面就对照自己改正自己的缺点。一个人随时随地拜他人为师，这是非常难能可贵的事情。就是说，只要我们平时保持谦虚谨慎的态度，虚心学习他人的优点，那么，我们就很容易结识朋友。可是，如果朋友做了一件坏事时，我

们应该怎么办呢？"

"应该向老师汇报。"

"做坏事的就不是好朋友，应该疏远他。"

老师摇着头说道："应该真心相劝，好好开导朋友。但是如果那个朋友执迷不悟，固执己见，那么我们应该适可而止，免得与那个朋友发生不必要的争执。否则，我们很容易受委屈。因为那个朋友不承认自己走上的是歧途，所以很有可能把你的一片好心认为是对他（她）的诽谤和损毁，继而对你怀恨在心。这里最关键是用自己的真诚去劝导朋友，用自己的一片真情去感化朋友。如果对方一意孤行不听你的劝告，就不要再说下去，让他（她）以后慢慢去领悟你的一片苦心。还有，看到朋友的不足之处，不能没完没了地埋怨和批评。这样很容易引起朋友对你的反感，甚至两个好朋友之间也有可能闹别扭。"

3　全都是好朋友

啊，朋友，交朋友难道真的那么难吗？

"但是，也不要把朋友理解得过于神秘。简单地说，不能因为几个人常在一起玩电脑游戏，就说那几个人是好朋友。真正的朋友应该是以诚相待、志同道合、共同发展的伙伴。明白吗？"

还是老师厉害，他一下子就猜透了我的心思，简单明了地说明了朋友的含意。大家聚在一起时，不要只是玩电脑游戏，还要谈论学习和我们的将来，这才是真正的朋友。这么说，英浩他们天天只玩电脑游戏，就不能算是真正的朋友啦！他们把放学以后的时间全都花在电脑游戏上，还能说是好学生、好朋友吗？

如果我想成为英浩真正的朋友，我得真心劝告英浩，不要把宝贵的时间花费在那些无聊的电脑游戏上。如果劝告几遍他仍然不听，那就算了。老师不是这么要求的吗？

"我再给你们讲一个故事。俗话说，危难之际见真情。要做一个真正的朋友，当自己的朋友遇到困难的时候应该挺身而出，满腔热

情地帮助他。如果在对方不需要帮忙的时候你去参与，那等于是帮倒忙，反而耽误人家。

"这里有这么一个故事。有一个父亲看到自己的儿子天天同一帮不三不四的哥们儿混在一起，过着无聊的日子，于是，父亲将一头猪装在袋子里，让儿子去找那些哥们儿。

"父亲让儿子说'我家里穷得实在揭不开锅了，我就从家里跑出来了，帮帮我吧。'父亲想试探一下儿子的那些朋友是不是危难之际见真情的真正朋友，如果是真朋友的话就把那头猪送给他。然而，儿子背着猪走遍那些哥们儿的家，那些哥们儿不仅不帮忙，反而像见到瘟疫似的把他拒之门外。

"儿子最后来到了小时候的一个朋友家，没想到的是，那个朋友热情地接待了他，并真心帮助他解脱困境。儿子这才真正理解了朋友的含意。平时在一起玩耍的朋友，只是出于某种共同的兴趣临时走到一起的，并不能说他们就是真正的知心朋友。"

老师讲得津津有味，大家也听得聚精会神。啊，原来还有这样的故事呢，下课以后要马上到图书馆查阅一下，我暗自想道。

"好啦，什么是朋友，什么是真正的朋友，现在该明白了吧？英浩和有宽的问题，还是你们两个人好好谈谈吧。明白吗？"

说完，老师笑着走出了教室。

老师刚走，英浩忽地站了起来："我的生日聚会，请全班同学都过来参加。当然，没有时间的和不愿意的除外。"

孩子们高兴得鼓起掌来了。看有宽，这小子鼓掌鼓得还最欢呢。和谐的班级里，全都是好朋友！一想起饱餐一顿炸猪排，我不禁咽了一下口水。

哲学放大镜

"我已经跟你说过多少遍了，你怎么还改不过来呢？"

我们常听到朋友之间说这样的话。说这话的原因是看到朋友经常犯错误，出于对朋友的关爱提出批评，好让朋友纠正错误。

可是，孔子的弟子子游认为不管自己的想法多么正确，也不能经常批评他人，大人物也不例外。

《论语·里仁篇》指出："事君数，斯辱矣；朋友数，斯疏矣。"意思是说劝谏君主太多次，就会受到侮辱；劝诫朋友太多次，就会被疏远。

指出上司的不当之处，应该说是部下应尽的义务，可是还要学会适可而止。如果反复说个不停，上司就很容易反感，甚至还会误会是诽谤自己，有可能得罪上司。

交朋友的道理也是一样的。如果朋友之间没有什么利害冲突，那么应该善言善语地劝说朋友改掉不当之处。但这种善言善语也不能多说，否则，轻者朋友之间变得疏远，重者反目成仇。

孔子的弟子子贡曾向孔子问过交友之道，孔子说："忠告而善道之，不可则止，毋自辱焉。"（《论语·颜渊》）

意思是说，规劝朋友一定要出自善意，如果朋友不听规劝，就立即停止，免得自讨没趣。

朋友是困难时候互相帮助的人，对这样的人提出意见或建议，一定要用真情实意来表达自己的意思，千万不能用刺耳的话来劝告。

即使是这样，也有人不一定接受朋友的好意呢。如果经常提出劝告之类的话，朋友之间的距离就会疏远，继而分道扬镳。

因此，我们平时劝告朋友，一定要把握一定的度。这里最关键的是向朋友表达自己的一片真情。如果忠告行不通，就不要再提了。

孝道是践行爱心的基础

今之孝者，是谓能养。至于犬马，皆能有养，不敬，何以别乎？

（现在许多人认为孝就是供养父母，让父母吃饱。其实你养狗养马也要让它们吃饱，如果只是给饭吃而不是真正孝敬父母，那跟养狗养马又有什么区别呢？）

——《论语·为政》

1 三个朋友的庆州行计划

哈哈，终于盼到了暑假。今天是本学期的最后一天，明天就放暑假了。老师说过多少回了，复习有多么重要，可期末考试一结束，我们满脑子都是玩的计划，复习之类的早就抛在脑后了。说来也难怪，夏日的酷热和期末考试已经把我们折腾得筋疲力尽了。

说实在的，暑假到底干什么，我还真没有仔细考虑过，反正只要离开令人厌烦的课堂，我的心就已经飘起来了。对啦，这个暑假应该到乡下朋友基泰那里去看一下，这小子要是知道我要回去，肯定会高兴得合不上嘴。啊，真想念乡下的那些伙伴们！

吃完午饭，我们三个来到了“魔掌长椅”。大藤树下的“魔掌长椅”好凉快，我们三个伙伴懒洋洋地坐在长椅上，开始畅谈暑假计划。

“我打算跟爸爸妈妈做一次乡下野营。我爸爸已经在网上预约好了，等到爸爸的休息天全家就到乡下去野营。我的爸爸妈妈就是从乡下出来的，所以他们非常喜欢乡下。我以前也去过，那里真的好玩极了。”

经有宽这么一说，基泰就哭丧着脸说：“什么，暑假你要搬到乡下去？我求你别去了，还是在这里跟我一起玩吧，好不好？"

又是风马牛不相及的一句话。

"哎哟，我简直郁闷死了。谁说搬到乡下去？我是说到乡下野营去！"

"啊，是野营呀，我还以为你要搬走呢……告诉你，你要是转学，我可饶不了你。"

尽管动不动被有宽损一顿，可在基泰心目中还是很看重有宽的……你看他那表情，唯恐有宽撇下自己跑了。

"乡下体验活动，有摘西红柿和摘黄瓜的活动，也有切西瓜吃的节目。夏季的夜晚大家围坐在一起切西瓜吃，那个味道呀，简直美极了。还有乡下的夜空星星特别多，好像到了宇宙太空一样。"

我是乡下长大的孩子，有宽说的这些，对我来说是习以为常的事情。是啊，夜晚切西瓜吃，那倒是一件美事，可摘西红柿、摘黄瓜等，我就不愿意干了。因为那是力气活，干完了，腰酸腿疼的，简直受不了。当然，有宽是没有干过，而且连看都没有看过，所以这些对他来说是一件非常稀罕的事情。

"乡下体验确实是一个很好的活动，我在乡下的时候天天那么玩儿。一到夜晚，我们偷偷来到西瓜地里偷人家的西瓜吃。我们也没有刀，所以把大西瓜使劲砸在石头上，西瓜一下子就被砸碎了，我们就捡起来吃……啊，真是好玩极了。"

一想起乡下的生活，我的心一下子飞到了我的那个村子里。有宽突然问道："对啦，你刚来的时候说过庆州是你的故乡，对不对？我们这次要去的地方，就是庆州呀。那里有年年组织乡下野营的农家，说不定，我们要去的就是你的那个村庄呢。"

"真的吗？哇！我也在想暑假期间到乡下去一趟。可以的话咱们一起走呗？"

我和有宽越说越兴奋，结果把基泰晾在一边了。

"哼，就你们俩去庆州，还不带我！真不够朋友！"

看来，基泰心里很不痛快。

"别，基泰，咱们一起去呀。我的那个村庄里还有一个叫基泰的，跟你的名字一模一样。他的爸爸妈妈可好啦。我那个乡下的基泰朋友一听我又带一个基泰来，肯定会高兴的。"

基泰的眼睛顿时发亮了。有宽还说即使跟爸爸妈妈一起去，到那里还要跟我们一起过暑假。

"不好，上课的铃声已经响半天了。快，赶紧回教室。"

我们三个一溜小跑来到了教室。好险，我们前脚刚进教室，老师后脚就跟进来了。

"明天开始是暑假，对不对？"

"对！"

孩子们的声音比任何时候都要响亮。

"好家伙，一说放假，回答声音也这么响亮。放假有那么好吗？"

"当然了，我最讨厌早起上学。一放假，我首先要在家里睡他个三天三夜。"英浩毫不掩饰地说道。

小子，在老师面前少说这样的话该多好……哦，对了，自从英浩生日聚会事件以后，我们的关系比以前改善多了。正是因为那件事，以前从没有交往过的同学都成了好朋友。那天，英浩的妈妈非常高兴，带我们吃了很多好吃的。

听了英浩的话，老师说了一句："老师已经说过好几回了，不管何时何地都要孜孜不倦地去探求真理，是不是？"

英浩这才感到自己说漏了嘴，马上改口道："不是的，老师。刚才说的是我原来的想法。我正在拟定计划，在假期一定要养成早起的习惯，早点起床，先锻炼身体，然后再看书……"

老师微笑着朝英浩点点头，然后和蔼地看着大家说："放假之前，我想留给你们一句话。来，大家一起跟我说：孝敬父母，义不容辞！"

"孝敬父母，义不容辞！"

同学们响亮的声音冲出教室，在走廊上久久回荡……

2　要对爸爸妈妈尽孝

"不求回报给予的爱才是真正的爱。这种真正的爱，我们在哪里可以看见呢？大家不要舍近求远，在我们的家里就能够看到。那就是我们的父母给予我们的爱。"

老师提到父母，孩子们的表情立刻严肃起来了。大家都想起了自己的爸爸妈妈。

"有个叫孟武伯的人向孔子请教孝道，孔子说：'父母唯其疾之忧。'意思是说父母最担心的是自己的孩子生病。我们怎么理解这句话呢？记住，我们健康成长是对父母最大的孝敬。怎么样，要对父母尽孝，很容易吧？我们经常说孝敬呀，孝顺呀，可孝道就这么简单。在人的一生中，没有比孝道更重要的事情。对父母来说，孩子生病是最痛苦的事情。"

对呀，我妈妈每次从外面回来，问我的第一句话就是"吃了没有？"妈妈唯恐自己不在的时候儿子饿坏了肚子。

天天听这句话，我感到很不耐烦，所以随便扔一句话算是回答

妈妈的问话。现在想起来，真是后悔不已，我怎么那么不理解妈妈的心情呢？

"假期免不了到别的地方去玩，可是你们千万不要离家太远。即使要去，也要事先告诉父母你们的去向。现在通讯工具很普及，到哪儿都可以跟家里联络。可在没有电话的过去，人们只能通过写信或传话才能向父母捎去自己安危的消息，以免父母操心，这就是过去年代的孝道。"

"虽然时间过去了很久，但是到了现在，这种行为仍然是我们对父母的孝道。所以，你们不要瞒着父母到离家太远的地方去玩，即使要去，也要告诉父母你的去处。这才是对父母尽孝的好孩子。明白吗？"

我还以为只要念好书拿到好成绩才是对父母的孝敬，没有想到出门告诉父母自己的去向也是孝道之一，看来孝敬父母要比想象的容易多了。老师说了，只要不生病，随时告诉父母自己的去向就是孝道嘛。

老师看了看孩子们真挚的表情，突然转过身去，在黑板上写下了一个大大的"孝"字。

"我们现在分析一下这个'孝'字。'孝'字的上方是老人的'老'字，下方是子女的'子'字。这个'孝'字形象地表现了孩子背着老人的形象。赡养年老的父母，与兄弟姐妹友善相处，这是我们人生中最基本的一项义务。能够孝敬父母，能够礼貌对待兄长，都可以说是孝悌之人。孝道是仁爱之人第一阶段的实践活动。忠孝的人在任何事情的处理上都能做到仁爱当先。连自己最亲的父母都不孝敬的人，还能对别人恭敬吗？所以说，孝道和恭敬是践行爱心的基础。如果说爱是庄稼的种子，那么，孝道和恭敬是从那个种子中萌发出来的嫩芽。"

原来是这样。大头老师经常讲的仁爱和礼仪，还有爱心，并不是那么深奥的。闹了半天，这些东西原来都是从我们自己的家里开始的。对自己的姐姐出言不逊，对自己的妈妈满肚子意见，而对别人却恭恭敬敬，这样做有什么意义呢？想到这里，我的眼前不禁浮现出了爸爸、妈妈和姐姐的面孔。

3 如果爸爸妈妈做错了，怎么办？

"老师，这就是全部吗？我想表现孝道的礼仪除了您说的那些以外还有别的吧？"一直在沉思的银珍轻声向老师问了一句。

"好，银珍提出了一个很好的问题。从前，孔子的弟子子夏向孔子求教什么叫孝，孔子说：'色难。有事，弟子服其劳；有酒食，先生馔，曾是以为孝乎？'意思是说侍奉父母，能随时和颜悦色是最难得的！有事时，由儿女出力为父母去做；有酒饭时，让父母先享用，难道这样做就算是孝顺吗？据说，子夏是性子比较直的人，心中有不痛快的事，立刻就显现在脸色上。于是，孔子向子夏说了这么一句话。给父母做点什么并不是难事，问题是如何和颜悦色地对待父母。和颜悦色反映我们对父母的感恩，而这种发自内心的感恩恰恰是对父母最大的孝敬。"

和颜悦色才是孝敬父母，这句话可真是千真万确呀。有时父母喊我帮忙，我总是鼓着腮帮满脸不高兴地做事。爸爸妈妈看了我的这种满脸不愿意的表情会是什么样的心情呢？

　　"可是，当我们看到父母做错事的时候，我们该怎么办呢？我的爸爸妈妈时常不遵守交通规则，红灯亮了还要过马路。还有，他们总说不要跟同学们吵架，可他们俩却动不动就吵架。每当那个时候，虽然他们是我的爸爸妈妈，但我还是对他们很反感。"

　　基泰说了一句引起我们共鸣的话。这一下，老师也笑了，说道："别看我天天给你们讲如何做好人好事，可老师也有很多毛病，也有很多做错事的时候。俗话说'人无完人'，任何人都有做错事的时候，也都有这样那样的小毛病。对于父母做错的事该怎么办呢……是啊，看见爸爸妈妈的一些小毛病总不做声，这固然不是孝敬的表现，而对父母的过错脸红脖子粗地去指责，更不是孝敬的表现。我们要以温和的表情、恳切的语言向父母进言，如果父母不接受，那么我们继续采取更加恭敬、孝顺的态度去进言。我们也可以等到父母的情绪缓解以后向父母进言，即使父母为此训斥我们，我们也不能抱怨他们。如果我们尽到了做子女的义务，父母也早晚能领会我们的一片孝心，改正自己的错误。我们必须用这种方法表现我们对爸爸妈妈的爱。"

　　这一点叫我做起来就有些难办了。当爸爸妈妈训斥我做错事时，连我这样的小孩子都对父母有一肚子不满，如果反过来我说爸爸妈妈两句，他们还能饶了我吗？不过，爸爸妈妈都是大人，而且都是讲道理的人，我说两句，他们也许能接受。好，下回试试看。看到妈妈再次无视红灯过马路时，我就和声和气地教育妈妈，看她会不会听我的。

4 爸爸、妈妈，我好爱你们呀！

　　老师的话讲完了，我们手忙脚乱地收拾书桌里的东西，准备迎接期盼已久的暑假。明天就是放假仪式，我们很快就能甩掉压在身上的沉重的书包啦！

　　我和有宽、基泰一边商量着暑期计划，一边走出校门。暑期计划还是三个人一起到我的故乡去度假。到庆州乡下，我们可以在清澈的小溪里捉鱼捉虾，也可以在清凉的湖泊里尽情戏水……此时此刻，我们的心已经飞到了泥土芬芳的田野和鸟语花香的乡村！啊，美好的暑假！

　　校门口的文具店里，妈妈正满头大汗地为孩子们煮米糕汤呢。从开学至今，我一直绕过妈妈的文具店回家。可今天，妈妈那忙碌的身影吸引着我的视线。是刚刚听完老师讲孝道的原因吗？在最要好的朋友面前也不敢说那是我的妈妈，我真的有点不像话了。

　　这时，有宽碰一下我的胳膊，说："八戒，我们去吃一碗米糕汤吧，今天我请客。我看你一次也没有在这里吃过，这家阿姨做的米

糕汤可好吃了。今天是最后一天，咱们就每人吃一碗吧。"

"啊？可是……我……我……"

在我支支吾吾的时候，我的视线猛然与妈妈的视线撞在一起了。也许妈妈听到有宽大声说"八戒"时，意识到我就在文具店门前。不知怎么的，我的脸一下子烧红了。

好，吃就吃。爸爸妈妈拿我当成自己的骄傲，我干吗要因为爸爸妈妈害羞呢？这是千不该万不该的。

"好，咱这就去吃。"

我们三个人走到了妈妈面前。

"妈，这是我的朋友有宽和基泰。你们俩过来啊，这是我妈妈。"

有宽和基泰的眼睛顿时瞪大了。

"什么，这阿姨是，你妈妈……"

"你这个小子，居然一直瞒着我们？你好坏啊！"

两个小子像是发现了新大陆，惊讶不已。

"对不起，我是故意没有告诉你们的，怕你们到我妈妈这里来白吃米糕汤呀，嘻嘻！"

我实在是跟他们说不清楚避开爸爸妈妈的理由，于是，我就随便找个借口应付了他们的问话。

有宽用胳膊肘使劲地顶我，说我抠门儿。而基泰呢，认识了我妈妈，为今后能够多吃一点儿米糕汤而高兴。

妈妈给我们三个小伙伴盛上满满三碗米糕汤。我想妈妈早已察觉到我绕过文具店回家，可妈妈就是装作不知道，从来没有问过这是为什么，因为妈妈最了解我的心。我心里既感谢妈妈，同时又觉得愧疚。此时，妈妈满脸笑容，叫有宽和基泰好好跟我相处，还给我们碗里添了鸡蛋和鱼丸。

这时，在文具店里收拾东西的爸爸也听到我们的声音走出来了。

"嘿嘿，看样子是我们灿浩的朋友呀。欢迎你们。别着急，慢慢吃，多吃点儿！"

我突然感到喉咙被什么东西堵住了似的。爸爸妈妈对我的朋友这么好，可我以前却不敢跟朋友们理直气壮地说那是我的爸爸和妈妈，现在我才能真正理解爸爸妈妈比天高比海深的恩情。赶快长大吧，长大了，好让我更好地孝敬他们。

想到这里，我的眼睛不知不觉地湿润了。怕同学们看见，我赶紧低下了头。

爸爸、妈妈，我好爱你们呀！

哲学放大镜

子路的一片孝心

在孔子七十多岁的时候，有两个弟子先于孔子离开了人世，他们是子路和颜回。如果说孔子最疼爱的弟子是颜回，那么孔子最亲近的弟子就是子路。两个弟子的先后去世，对孔子来说是莫大的痛苦。

颜回家境虽然很贫寒，但他却是始终跟着孔子，直至走到生命最后一刻的弟子；而子路则是因无畏的勇猛悲惨地结束自己一生的弟子。孔子早在子路生前就担心子路那暴烈的脾气，曾经多次指点他。可子路并没有理解孔子的一片苦心，动不动就抱怨孔子只称赞颜回一人。他错误地认为孔子已经不欣赏自己了，于是，为了让孔子对自己刮目相看，子路时不时地向孔子表露自己的勇猛，想以此跟颜回比个高低。

有一天，子路问孔子道："老师，如果让您来统率一个国家的三军将士，那您会选择谁来充当助手呢？"

当时的三军指的是上军、中军和下军，一军有一万两千多人，是一支大规模的军队。子路想：要说引领军队，孔子肯定会赞赏我这个勇猛的弟子。子路平时显耀自己的毛病再一次暴露出来了。

孔子听了以后很不高兴，说道："那些徒手与老虎搏斗，徒步过急流险滩，明知是送死却不知退却的人，我是绝对不会选择的。我需要的是那些面对事情不急不躁，稳重用谋并能运筹帷幄的人啊。"

孔子是为了改掉子路的坏习惯，才说了这样一句话。

在《论语》里，有很多子路向孔子提问的章节。可以说，子路是孔子所有弟子中，向孔子提出疑问最多的。然而，后来子路不幸卷入卫国的王位争夺战，还是因为他无畏的勇猛，被人杀害，悲惨地结束了自己的生命。

然而，就是这么一个子路，他的孝心却感人肺腑。

子路生长在非常贫穷的家庭里，吃得不好，穿得也不好。为了使父母能吃到可口的米饭，他竟从百里之外借到一袋米，一口气背到父母身边。等他到家的时候，他的脚底都已经磨烂了。虽然这样辛苦，但是子路为父母甘愿承受艰难与痛苦，孝敬之心始终没有间断过。后来子路出人头地了，物质条件也好了，可这时他的父母已经先后过世了。生活条件变好之后，他很想报答父母之恩，可是父母已经不在身边了，所以他非常的痛心。

对此，孔子不禁感叹道："子路呀，你在父母生前竭尽全力孝敬，而在父母去世之后还念念不忘父母的养育之恩啊！"

尾声

　　这里是庆州。我与首尔的朋友基泰在一起，正在乡下的朋友基泰家。基泰遇见基泰非常高兴。首尔的基泰是个善解人意、助人为乐而且很讲义气的好朋友，只可惜他那一对耳朵有时叫我头疼。乡下朋友基泰当然也喜欢基泰喽！

　　昨天，我们约有宽一起，在村头的河水里痛痛快快地打了一场水仗。在那里我又教他们翻开石头捉蜊蛄（又叫草龙虾，与市面上的小龙虾类似——译者著）的技巧。我也是好久没有捉过蜊蛄了。蜊蛄逃跑的速度飞快，所以想要捉住它们，除了高超的技巧以外，还要有灵敏的感觉。我捉蜊蛄的技巧并没有退步，只要凭着我的感觉一掀开石头，百分之百就能捉到一只。

　　每天都这样疯玩，不知不觉过了十多天。真想在基泰家多玩几天，可看到基泰的父母整天辛劳，我们不忍再给他们添麻烦，决定明天就回首尔。老师曾不厌其烦地给我们讲过替人着想、仁爱道德、爱心、真理等东西，我们还得学到做到呀。当然，乡下的基泰很不情愿我们这么早离开。

看来我们在大头老师那里的确学了不少东西。这不，在村里见到我的人都称赞我"几个月不见，灿浩都成大人了"。有宽和基泰也获得村里人的称赞，说这两个孩子根本不像有些大城市的傲慢孩子那样小心眼儿，而是既大方又礼貌。

仅"先人后己"这一条，我已经做了很多被人夸奖的好事。是啊，为人做好事，我心里也非常舒坦，非常高兴。不用村里人说，我自己也觉得我的心理年龄比这里的孩子大一些。当初我是那么不愿意离开这里，然而，到首尔我有幸遇见了大头老师，学到了很多在乡下学不到的东西。

长大以后，我也想当一个老师，像大头老师那样教书育人，告诉孩子们我内心世界发生的巨大变化是怎么来的，继而引导孩子们走上先人后己、孝敬长者的仁爱之路。不过，要做到这一点，我还要加把劲，继续努力念书。

如果我真的当上了老师，孩子们肯定会给我起外号叫猪八戒。要让孩子们起一个比这个好听一点的外号，我还得管一管我的体重了。现在我的体重比以前是轻多了，可在旁人看起来，我还是属于小胖子那一类的，假期剩下的时间还要多做一些健身活动。

哦，对了，明天早上基泰一家要去摘黄瓜，我们还得早点起床帮基泰父母去摘黄瓜。下午我们就乘高速客车返回首尔去见爸爸妈妈。仅仅十多天，我就想爸爸妈妈了。看到我这个晒得黝黑的儿子，爸爸妈妈肯定乐得合不上嘴。回去以后，得帮助爸爸妈妈收拾文具店，当然，暑假作业和暑假阅读课目还要认认真真地完成。我说到做到，决不食言。

综合论述题

01 老师说："既然你们心中已经有了束脩之礼，我作为老师，也准备好了把我的学问全都传授给你们"。这里说的"束脩之礼"指的是什么？"念书的深度"指的是什么？请在下面空白处写出你的想法。

02 班里的部分同学误解默默无闻地做好人好事的银珍。老师对这些同学讲了"仁"。"仁"是什么？你在日常生活中都做过哪些"仁"的事情？请在下面空白处写出你的想法。

03 听到科学实验室里闹鬼的谣传以后，老师给大家讲了"真理"的故事。老师讲的真理是什么？在你身边的人们是如何践行真理的呢？请你在下面空白处写下你的想法。

04 英浩和有宽之间因生日聚会的事发生了争吵。这时，老师
给同学们讲了"益者三友""损者三友"。有益的三种朋友
指的是哪些，有损的三种朋友又是哪些？我们交朋友时最应注重的
是什么？

05 面临暑假，好多同学都在计划怎么玩得痛快。对此，老师
讲了"孝道"。那到底什么是"孝道"呢？你现在是如何
孝敬父母的呢？

06 孔子说"知之为知之，不知为不知"（知道的就说知道，
不知道的就说不知道）；而苏格拉底却说"要认识自己"，
指出真正的认知不在于已经知道的领域里，而在于不知道的领域之
中。孔子和苏格拉底的认知观点有什么区别呢？

07 请你分别说明下文中的两种"认知"，然后再判断现代社会中哪一种认知更重要。

（1）提问来自好奇心，好奇心是对新鲜事物的渴望和关心，这正是认识事物的原动力。提问表现一个人的求知欲望。认识到自己的无知，等于在"认知"领域里已经迈进了一步。只有敢于对未知的、新鲜的东西提出疑问，我们才能打开"认知"的大门。所有的科学研究，在我们得出正确答案之前首先会产生一系列的提问，这时的提问可以说是对研究对象的关注和研究活动的开端。所有的学问都始于关注。随着对事物的关注，开始出现一系列的疑问，为了解决这些疑问而付出的努力就是学问。学问并不是研究和学习前人的成果，而是在不断的提问中得到前人未曾得到过的新的答案。学问不是如实接受过去结果的被动性的活动，而是回答未曾提过的疑问并从中得到新的结果的主动性的活动。学问始于提问。

（2）孔子说："子路呀，我告诉你什么叫懂。所谓懂就是知道就说知道，不知道就说不知道。"（"知之为知之，不知为不知，是知也。"）

综合论述题题解

01 "束脩之礼"是为了向老师表示敬意而献上腊肉干之类薄
礼的意思。我们每个人从出生那天起，就身负一项使命，
那就是给自己、给他人带来欢乐和幸福。我们念书的目的就是为了
完成这一使命。我们这个世界上，仍然有不少因患不治之症而痛不
欲生的人们，我们学好生命科学治好他们的病，为他们排忧解难，
这就是等于给他们带来幸福。还有，当一个播音员，给所有的人们
准确地传送世界各地的新闻，也是一件给别人带来欢乐和幸福的事
情。只有这样做才算是真正完成了我们的使命，也只有这样做才是
真正有价值的人生。这就要求我们在平时念书的时候，就要多学、
多问、多想，从中探究真理并应用于我们的生活。念书必须要讲究
深度，"念书的深度"指掌握知识要准确把握所有知识最深层次的
东西，从中领会事物的发展原理和事物的发展规律。

02 "仁"就是仁爱，是指克制自己的欲望，在现实生活中践
行礼节的行为规范。讲仁爱的人往往是吃苦在先，享受在
后。当我们达到这个境界，我们就会成为仁爱之人。一出门就要小
心谨慎地对待所见到的人。不管是见到什么人，都要像对待尊贵的
客人那样，以十分尊敬的心情亲切地向他问好。任何时候都要放低
姿态，谦恭待人，绝不能小看他人，更不能鄙视他人。仁爱的含义
中，有一条比什么都重要的因素，那就是不要把我自己不愿意干的
事强加于他人。我不愿意干的事情，别人也肯定不愿意干。像银珍
那样脏活累活抢着干，有好吃的东西让给同学，这就是践行仁爱的
一个小小的开始。

03 这个世界上有种叫真理的东西。如果说真理扶持这个世界，那么我们人类就是容纳这真理的器皿。所以，人和真理并不是分离的。真理也叫做道理，是指我们人类生存所必需的方法或者方式。通过学习科学知识，我们正在不断地寻找我们的生活所必需的真理。可是，我们不能找一个虚无缥缈的真理。真理离我们并不遥远，它就在我们身边。我们要学会就在自己的身边寻找真理。只要我们好好观察一下我们的周围，我们立刻就会找到人生道路上所必需的真理。人生的意义、关爱他人的道理，这些就在我们的身边。我们经常忽视我们身边的真理，也经常忽略我们身边的伟人。哥哥关爱弟弟，弟弟尊重哥哥，子女遵从父母，这就是关爱他人的仁爱之道，也是践行真理的一个实践活动。

04 孔子说，益者三友，损者三友。就是说结交正直的朋友、诚实的朋友、知识广博的朋友是有益的，而结交谄媚逢迎的人、表里不一的人、花言巧语的人是有害的。正直的人会开诚布公地指出我们的不足之处，诚实的人能够伴我们奋斗一生，知识广博的人可以使我们视野开阔。而谄媚逢迎的人会阻碍我们认清事物的真相，表里不一的人会使我们上当受骗，花言巧语的人会使我们丧失意志。真正的朋友应该是以诚相待、志同道合、共同发展的伙伴。要做一个真正的朋友，当自己的朋友遇到困难的时候应该挺身而出，满腔热情地帮助他。孔子说"三人行，必有我师焉。择其善者而从之，其不善者而改之"。意思是三个人同行，其中必定有我的老师，我选择他好的方面向他学习，看到他不好的方面就对照自己，改正自己的缺点。一个人随时随地拜他人为师，这是非常难能可贵的事情。就是说，只要我们平时保持谦虚谨慎的态度，虚心学习他人的优点，那么，我们就很容易结识真正的好朋友。

05 孝道是仁爱之人第一阶段的实践活动。孝悌之人在任何事情的处理上都能做到仁爱当先。孝道和恭敬是践行爱心的基础。如果说爱是庄稼的种子，那么，孝道和恭敬是从那个种子中萌发出来的嫩芽。只要我们做子女的不生病，随时告诉父母自己的去向等小事就是对父母的孝道。孔子说：给父母做点什么并不是难事，问题是应该怎样和颜悦色地对待父母。和颜悦色的态度反映我们对父母的尊敬，而这种发自内心的真情恰恰是对父母最大的孝敬。如果看见爸爸妈妈的一些小毛病总不做声，这固然不是孝敬的表现，而对父母的过错脸红脖子粗地去指责，更不是孝敬的表现。我们要以温和的表情、恳切的语言向父母进言，如果父母不接受，那么我们继续采取更加恭敬、孝顺的态度去进言。我们也可以等到父母的情绪缓和以后向父母建议，即使父母为此训斥我们，我们也不能抱怨他们。如果我们做到了做子女的义务，父母也早晚会领会我们的一片孝心，总有一天改正自己的缺点。我们必须用这种方法表现我们对爸爸妈妈的爱。

06 孔子说"知之为知之，不知为不知"（知道的就说知道，不知道的就说不知道），而苏格拉底却说"要认识自己"。

孔子的观点是分清知道和不知道的界限就是认知。苏格拉底的观点是认识自己的无知才是真正的认知。孔子的认知以博学为前提，而苏格拉底的认知则离开博学范围，想从超越人类认识的幻想世界中去寻找真理。按苏格拉底的观点，当承认自己的无知时，说明已经接近了"真理"。所以说，孔子的认知指的是知识和学问，而苏格拉底的认知却是承认自己的无知。

07 （1）中的认知，指的是科学知识，（2）中的认知是指理性认识。虽然两种认知方式都很重要，但我觉得在现代社会中（2）提示的理性认识更为重要。因为现代文明的危机往往出现在没有批判、没有否定的时候。韩国曾有一位科学家因抄袭他人的科研成果而轰动一时。他的动机也许是急于求得科研成果，可是，由于抄袭他人的科研论文，这个人从一个受众人敬仰的科学家一下子沦落为科学骗子。还有，克隆技术完全是一种科学知识，而且是非常吸引科学家兴趣和关注的科研对象，然而，如果没有对克隆技术的批判和否定，还真有可能发生我们最不愿意看到的结局，出现人类克隆。人类一旦被克隆，那么人类的生命安全就会受到威胁，人类的尊严也将彻底被践踏。

通过上述的两个例子，我认为比科学知识更重要的是我们理性的认知。我们必须使用来自理性的认知来正确利用科学知识，使科学知识真正应用于人类的发展之上。

克己复礼为仁。一日克己复礼，天下归仁焉。为仁由己，而由人乎哉？

（克制自己，使言语举动都合乎礼，就是仁。一旦能做到克己复礼，天下人就会称赞你仁德。做到仁德要靠自己，难道能靠别人吗？）

——《论语·颜渊》